August Corrodi

D' Bademerfahrt

Lustspiel in zwei Akten und in Zürcher Mundart

August Corrodi

D' Bademerfahrt

Lustspiel in zwei Akten und in Zürcher Mundart

ISBN/EAN: 9783744627351

Hergestellt in Europa, USA, Kanada, Australien, Japan

Cover: Foto ©Andreas Hilbeck / pixelio.de

Weitere Bücher finden Sie auf **www.hansebooks.com**

D' Bademerfahrt.

Lustspiel in zwei Akten und in Zürcher Mundart

von

August Corrodi.

Zürich,
Verlag von Cäsar Schmidt.
1879.

Personen:

Statthalter Grob.

Döde, dessen Frau.

Veritas, ihre Nichte.

Junker Hans v. Tauenstein.

Ester Heidegger.

Temperli, Landjägerwacht=
meister.

Heiri, Bedienter.

Eine alte Frau.

Ein Kind.

Ort: Auf dem Lande.   Zeit: Gegenwart.

———

Erster Akt.

Wohnzimmer. Unordnung und Gepäck.

~~~~~~~~

Erste Scene.

Frau Döbe im Reisekleid, überzählt die Gepäckstücke.

Ach mineli! — Hani iez ächt au alles? — Nüt vergesse? — Ach, s' wird mer trümmlig ab dem ebig ville Züg! — Und doch isches eigetli nüd z'vill, gar nüd: amenen Ort wie Bade muesmä dopplet aständig dethar cho — z' Ruole, z' Seewe, im inneren und üßere Girebad, und au im Rigichlösterli chamä si ehner echli gah la; aber im Limmethof —, weiß nüd, willi be brun Rock mit de Plicéfalbelen au mitnäh ... ach nei, die Mode ist iez doch wieder veraltet, mä hät iez Alles ganz glatt und agspanne, daß mä chum laufe cha. Grad eso isches mitem gfarbet Sidene: das träged iez nu Landpumeranze und darum mached b' Sideherre eso schlechti Gschäft; aber z' Baben unne gsehtmä gar vil Zürcherinne, die wüssed am beste was gommilfoh ist und gänd au Achtig druf. 'S ist aber e leidi Sach, daß Alles eso schnell wechslet. — S' roth Göfferli chönnti aber doch na — (aus der Thür) Veritas, säg dem Heiri, er söllmer na

's'roth Göfferli abe bringe, 's staht hinderem alte Nacht=
stuehl und der Säupfechiste. Nei bitti, Ma, machmer iez
au kei unzitig G'späß!

Zweite Scene.

Vorige. Statthalter mit Muff und Boa.

Statthalter.

Späß? — J sorge nu ernsthaft für's allfellig chüel
Wätter. Denn wänn au das schetzbar Nider=Bade uf
vulkanischem Bode staht und im gwönliche Läbe gnueg
Hitz etfaltet, so ist b'Limmetluft doch öppedie ruch, und
de Tüfel frürt nie ärger als im Augste.

Frau Döbe.

Gang mer ewegg mit dem Züg, gang träg's wo b's
gnah häst. — Aha, i merke scho, du möchtist mt bis im
Winter furtha.

Statthalter
(gemüthlich mit Muff und Boa bekleidet).

Wer wott bi furtha, Fraueli?

Frau Döbe.

Wer ächt?

Statthalter.

Jch gwüß nüd.

Frau Döbe.

Woll ebe grad du.

Statthalter.

Wieso?

Frau Döde.

Ja ja, wieso? Verstellbi nu nüd, min liebe Ma, das grathber fuft nie guet. — Ja, furtha wittmi. Wer weiß, was für en Plan behinderstecht und was du i dere Zit witt tribe.

Statthalter.

Mis Döbeli ist recht spaßhaft hüt.

Frau Döde.

Wer mönet eim sib mänge Wuche vor, mä sei versuuret und versumpft, mä nämm ab a Fleisch und Geist, sei gsurrig und tröisselig, e trochni Räpplispalteri, e wanolebs Hushaltigsbuech, en Abstaublumpe. . . .

Statthalter.

Hoho! Das hani nie gseit.

Frau Döde.

Wol, Risbürste seiftmer. — (Heiri bringt das rothe Köfferli.) Stelleds nu dazue. (Heiri ab.) Ja ja, 's ist schüli, wie d' mer's machst. — Wänn d' nu e chli lieb wärist mitmer, se blibti.

Statthalter.

Also ich wär der na lieber as e Bademerkur. — Frau Döde, das ist neu, das ghört i d'Schwizergschicht, daß es Frauezimmer, dem de Ma tusig neui Fränkli i b' Hand git für go Baden abe z'gah, wott diheimeblibe und fi lieber vum Ma wott langwilig aliebe la.

Frau Döde.

Aliebe — jo, da häft 's recht Wort troffe, aliebe. Meh isches doch nüb, as en gfehlte Bstich wo allethalben abfallt.

Statthalter.

Chönntist nüb na chli ärtiger rede?

Frau Döde.

Und hani doch so en böse Traum gha hinecht.

Statthalter.

Ach bah, wänn alli dini Träum erwahret wärid, so stiend b' Wält scho lang nümme. Was hät der dänn traumet, Döbeli?

Frau Döde.

Du seigist mer gstolle worde.

Statthalter.

Aha, gäll iez hätsbi emal. De häst scho mängmal gseit, i chönn der gstolle werde, und iez, wo's emal gilt, isches der wieder nüb recht.

Frau Döde.

Gäll aber dir wär's recht? — Aber i gah nüb, i blibe da.

Statthalter.

Mach was b' witt. (Aus der Thür) Bera!

Frau Döde.

Mit diner Vera eifig. J bi ja nanig fertig!

Dritte Scene.

Vorige. Veritas.

Veritas.

Waseli?

Statthalter.

Sie gaht nüb. Pack nu wieder us.

Veritas.

Aebah? — Warum iez uf eismal wieder nüb?

Frau Döde.

Wer seit, ich göng nüb? — Mä wird si doch goppel na bsinne und es Wörtli säge dörfe. — Hol'mer na be — ober nei doch nüb. Gang nu.

Veritas.

J zwänzg Minute chunnt d'Post. Soll de Heiri und be Melcher die Sache durrethue?

(Frau Döde nickt. Veritas ab.)

Frau Döde
(fällt ihrem Mann weinend um den Hals.)

Statthalter.

De bist es Kafferbabeli.

Frau Döde.

Huhuhu — de häftmi nümme lieb!

Statthalter.

Gott, wie müehſam! — Jez chunnt das wieder. — Nei, Schaßli, gang, gang, gang, gang, gang, — dini Nerve ſind total überreizt — höckle is Schwäbelwaſſer bis as Halszäpfli ufe, ſuſt wirſtmer im Ernſt na chrank. Sä da häſt bis Gältli.

Frau Döde
(betrachtet die Rolle.)

Tuſig Franke? — Ma, das iſt viellebig zvill.

Statthalter.

Bitrachts as Lieblofigkeit; Frau, bitrachts as Lieb= loſigkeit. Aber bruchs, häſt ghört. Und ſchrib ieders Räppli uf, daß d'au es Freudeli häſt und en Nahgnuß. Wänn b' Chrieſi chauffſt, ſchrib ieders Steinli und iede Stil uf. Wänn d' ſpaniſch Brötli chauffſt, ſchrib 's hinderſt Brösmeli uf — wänn di im Bad es Flöhnli bißt, ſchribs uf, dänn 's Wiberbluet iſt choſtli.

Frau Döde.

O du Poß!

Statthalter.

Jä g'wüß, 's iſchmer nüb zum lache — b' Bluet= armuet choſt. — Ja, und los, wänn b' heiſchribſt, frankier nu nüb, 's gitder wieder zumene Znüni das Porto. Trink aber nüb z'vill Wi — de chönntiſt mitnäh, i füllder na e Chrusle Dienſtewi, de chaſchi nu uf b'Schoß näh...

Frau Döde.

Jez expreß trinki nu Bordo und Schampanier.

Statthalter.

Nu Gottlob und Dank, iez endtli lüchtet's uf! — Trink doch zwo Maß im Tag, du ghebigs Chind, und spüelder di Prosa usem Lib und chumm echli poetisch wieder umme — nu au echli, nüd vill — eso gar poetischi Frauezimmer ...

Frau Döde.

Was, eso gar poetischi Frauezimmer?

Statthalter.

I wott säge, gar z'vill Poesie a Frauezimmere ist au nüd grad 's erweuschtist.

Frau Döde.

Heb du nu diner Poesie recht Sorg und wird echli prosaisch bis i ummechumme. (Für sich) Für Poesie haniem gsorget.

Statthalter.

Was seist?

Frau Döde.

Nüt. — Jez willi dir aber au na öppis säge, Ma. Heb der Sach Sorg und gibmer nüd z'vill us, wänni furt bi.

Statthalter.

Hoho Frau Dorothe!

Frau Döde.

J meine nu, gib echli Achtig wo 's Hushaltigsgeld
annechunt. 'S ift alliwil beffer, wämmä de Rappe für
en Feufer alueget as umkehrt. D' Nieffe Veritas ift zwar
recht, und das Waisli hät under mir öppis glehrt und
profitiert i dene zehe Jahre, daß fie binis ift — aber
's ganz Züg zunere Husfrau hät fie nanig und wird fie
nie übercho. Drum lueg, daß fie dem Babeli nüd z'bill
Anke git …

Statthalter.

Jch foll go luege, wie fie Anke nimmt?

Frau Döde.

Und mißmer gnueg Wegluegere unders Kafi!

Statthalter.

Jch als Statthalter? Los, Frau, uf die Art Statt-
halterei, Wegluegere statt Kafi z'meffe, bini nüd g'wellt.

Frau Döde.

De verftahftmi fcho. Und bhaltmer au be Cheller-
fchlüffel guet.

Statthalter.

Er hanget ja im Chafte.

Frau Döde.

Nimme lieber in Sack. Und wäg au 's Brot und
's Fleifch ghörig nahe.

Statthalter.

'S fehlt nüt as daß i mit dem Neßli selber i b' Meßg gieng.

Frau Döde.

Gang, 's ift recht, so chaft selber e guets Stuck usläse und chunnft nüb z' vill Jsigel über. Und wänn b' Säupfe bruchft, so gibere du der alten i der Chifte und schrib sie orbeli uf.

Statthalter.

Jch Säupfeschriber? — Aeh, hett b' Frau Statthalteri fuft villicht na öppis nöthig?

Frau Döde.

Ja, wenn en Bfuech chunnt...

Statthalter.

Was? En Bfuech? Woher?

Frau Döde.

Das weißtmä nie, 's cha ja woll fi. (Aus der Thür) Veritas!

Statthalter.

En Bfuech? — Und hanimi eso uf's eleifi gfreut. Wohar en Bfuech, Frau?

Frau Döde.

J säge ja, mä cha nie wüffe, wänn en Bfuech chunnt.

Vierte Scene.

Vorige. Veritas.

Veritas.

En Bsuech chunnt?

Frau Döbe.

Wie mängmal muesis iez au na säge, mä chönns nie wüsse?

Veritas.

Und dänn?

Frau Döbe.

Herrjeß es schlat scho. (Zu Veritas) Da häst de Schlüssel zu der Plunderchammer — lase nüb stäcke, ghörst, und hebmer Sorg zu Allem. — Ach hest, i ga nüb gern furt.

Veritas.

Ja, 's wird is scho echli gspässig si ohni d' Tante. Aber händ Sie nu kei Chumber, Frä Tante, mer wänd der Sach scho Sorg ha.

Statthalter.

Hett eigetli fast Luft und chäm mit. Has wieder eso im Rugge öpedie.

Frau Döbe.

Chum nahe, 's ist rächt.

Statthalter.

Cha nüb mal, d'Gschäft —

Frau Döde.

Ja ebe. — Da häft mini Schlüssel; versorg's guet und las keine stäcke, wenn d' usgahst; d' Welt ist schlimm. — Und z' Nacht, Ma, lueg na recht nahe, ob's allethalbe griglet sei, und gang nüd vor den achte scho is Nest — ja und loseb, vilicht chömed die ander Wuche Bürdeli und Holz — zell's guet Ma, häft ghört —

Veritas.

D' Post ist cho.

Frau Döde.

Um's Himmelswille! Sen adie dänn, liebe Ma (Kuß), blibmer gsund und schribmer. Adie Chind (Kuß), schribmer au und händ guet Sorg. — Ach Gott, Ihr glaubed nüd, was i e Bangigkeit ha, es schwanetmer, es schwanetmer —

Statthalter.

Warum nüd gar schwane. De gahst iez in Limmet= hof und nüd in Schwane. Adie, adie, liebs Fraueli, weusch daß es der guet thüeg. (Veritas ab mit Gepäck.)

Frau Döde.

Aber . . . ja los, wenn en Brief chunnt, lise nu.

Statthalter.

Ich lise keini Frauezimmerbrief; simmer z' poetisch.

Frau Döde.

Aber du, Ma, es schwanctmer eso...

Statthalter.

Abah, de bist es Gänsli mit dim schwane. (Beide ab.)

Fünfte Scene.

Veritas.

So iez wär sie furt, Gott — hett bald gseit: Gott
Lob und Dank. 'S isch aber wahr, i der letzte Zit ischi
eso ufgregt, eso engächz und eso epfindtli gsi ab jedem
Brösmeli, daß mä bald hett chönne fürche, es fehlere
echli im Chopfhüsli. Ase gahts halt de Fraue wo keini
Chind händ, dänn wüsseds. nüd, wo mit der Zit anne
und händ doch nie vorigi, vor luter Ueberiser und Viel=
gschäftigkeit. Wänn sie nu au es Verblibe hät i dem
Bade unne — ach du liebi Zit, da lit ihri Brülle, iez
hät sie d' Brülle vergesse, wol iez chunnts guet use,
iez werdeder gseh und erläbe, bis z'Abig ischi wieder
umme, — denn ohni Brülle cha si nüd läbe und nüd gschire.
Ich schickere sie nahe was gift was häst.

Sechste Scene.

Vorige. Statthalter mit langer Pfeife.

Statthalter.

So, Vereli, iez wehrdi. Was ist? Was packst zämme?
Hät sie öppis vergesse? D' Brülle? — Schöni Geged, iez
chunnt sie wieder umme.

Veritas.

Ach, das säg ich ja au!

Statthalter (aus der Thür).

Heiri! — Sattle de Brun und rit der Post nahe, de
chunschi scho na über a der Steig. Gib dä Spiegel, Chind,

fo. — Mach gleitig, Hetri, gäll, mer löſid ſie na grüeze.
— So, Chlini, das wär abgmacht. Weiſcht was mer
Zimbis händ?

Veritas.

Nei, b' Tante hät nüd gſeit. Was hett de Herr
Unggle gern?

Statthalter.

Brätchnöpfli und gſotte Herdöpfel.

Veritas.

Wänd luege, ob das für hüt ſtaht. (Entrollt einen
langen Papierſtreifen.)

Statthalter.

Hoho, was iſt das? Es Panorama oum Uetliberg?

Veritas.

D' Spiſchart für ſeuf Wuche.

Statthalter.

D' Spiſchart für ſeuf Wuche. — Veritäßli, wänn b'
nüt uf der Stell ſeiſt, di Tante ſeig es Jdeal ounere
Husfrau, ſe ſägider ni meh Veritäßli, ſunder Kaſibeckeli.
Zeig bä Kataſter. (Lieſt) „Dienſtag: Mittag. 2 Pfund
Rindfleiſch. Schooß zum Braten. Wirz. Ein wenig Erd=
öpfel. Abends: Suppe. 1½ Pfund Kalbsbraten kalt, der
am Morgen im Bratofen gemacht wurde. Erdöpfelſalat.“
— Du, de chalt Chalbsbrate verſchwindt für ſeuf Wuche;
ha be höher Ouſchtlig nüd gern. Aber los iez, Chlini,
chumm dazu, b' Sach wird ernſthaft.

Veritas.

Herjeß, Sie verschreckeb ein ganz, Herr Unggle.

Statthalter.

Vera, i frage dich uf bis Gwüsse: chast du schwige?

Veritas.

Wänn's si mueß, wie's Grab.

Statthalter.

Du weißt, was de Dichter Salis seit:
Das Grab ist tief und stille
Und schauderhaft sein Rand.
Verlass'ne Bräute ringen
Umsonst die Hände wund —
Darum, Vera, sägmer uf bis Gwüsse, wie viel Anke
bruchst i der Wuche?

Veritas.

Jä das chunnt halt druf a, dernah mä chüechlet. —
Drü Pfund ordinäri eso.

Statthalter.

Drü Pfund ordinäri und 's Chüechle apparti grechnet,
so. Los iez, Vereli. D' Frau hät gseit, ich soll luege,
daß du luegist, daß 's Babeli nüd z' vill Anke bruchi
i der Wuche. Und au wege Säupfe und der Metzg und
Wegluegere und andere Kolonialwaare hät sie einigi
Gsetzesparagraphe hinderla. Ich hanere natürli de Wille
gla, aber iez säg ich dir für ein- und allimal, füehr

du b' Hushaltig witer, wie sie sie gfüehrt hät, und
wänn's kochet und tischet ist, se rüef. Ich chümbere mi
um derigs Wiberzüg nüt, dafür bist du da, Chlini. I
gahne iez us bis am zwölfi.

Veritas.

Danke dem Herr Unggle für's Zuetroue und willmi
bistrebe b' Sach recht z' mache. Wänn Sie's erlaubed,
butzi grad echli die Feister.

Statthalter.

Butz was b' witt, nu chumm mer nüd go abstaube,
wänni schribe, wie sie's i der Gwonnet hät. (Ab.)

Siebente Scene.

Veritas.

Nei, säb nüd, Herr Unggle. — (dehnt sich) Ach! —
Soli, iez wär ich also Husfrau. 'S fehlt iez nüt as na
en Ma, dänn chönntmän afäh. — Pah, hett eigetli doch
gern au en Ma. (Putzt die Scheiben.) Aber suber und
glatt müeßter sy wie die Schibe — aber nüd bränzele wie
die Schibe — und folge müeßtermer, aber sin eigne Wille
dörfter doch ha, nu nüd z'bill und nüd alliwil — und en
eiges Güetli müßter ha — schön bruchti er grad nüd
z' si, die schöne Manne sind g'wonkli tumm — und en
tumme möchti nüd... Bitti, was chunnt au det für en
Täschelampi z'schlarpe? Das wärmer iez grad de rächt.
(Aus dem Fenster) Mer bruched nüt! — Er ghörtmi

2

nüb — Herrjeß, er ist scho is Hus, i mues go luege.
(Will ab.)

Achte Scene.

Veritas. Junker Hans von Tauenstein.

Veritas.

Ach!

v. Tauenstein

(imposant in der offenen Thür, im Reisekleid, mit Haber=
sack, Tasche, Stock und Schirm.)
Isches erlaubt?

Veritas.

Nei es isch nüb erlaubt. Afe chunntmänn eim nüb
i d' Stube, und i hani scho zum Feister us erchlärt, mer
bruchid weder Kalender no Traktätli. — Jä glaubeb's nu,
er chönneb iez Vollauge mache wiener wänd, mer brucheb
nüt, mer sind mit Allem verseh. — Nu, warum gönder
nüb? (Herrjeß, er gseht us, wie wenn er usem Burg=
hölzli chäm.)

v. Tauenstein.

E lieblichi Erschinig! — Glückliche, glückliche Wilhelm,
so es Fraueli z'finde!

Veritas.

Dä lueget mi be goppel für b' Frau a.

v. Tauenstein (eintretend).

Binidezwerthi, himmlischi Verbindig! — Wie seit de
Salema i sine Sprüche, Kapitel 31, Vers 10 und folgedi:
„Ein edelmüthiges Weib, wer wird sie finden? Jhr Werth
ist weit über köstliche Perlen, Jhr Ehemann kann ihr sein
Herz vertrauen; es wird ihm auch an Habe und Gut nicht
fehlen. Sie wird ihm ihr Leben lang seinen Nutzen
fördern und seinen Schaden wenden."

Veritas.

(Er ist doch nüd so tumm, wiener usgseht.) — Er-
laubed Sie, sind Sie en Missionär vu Basel?

v. Tauenstein.

Jch? Was seig ich? En Missionär? O ja, eso i gwüsser
Beziehig, eso meh i eigener Mission!

Veritas.

Wänd Sie zum Herr Statthalter? J willene si
Zimmer zeige.

v. Tauenstein.

O bitti, Sie sind gar z'güetig, es pressirt gar nüd eso.
Jch kännene ja vu Juged uf, aber Jhne, Thürgischetztisti,
hani 's erstemal d' Ehr und 's Vergnüege, mis Kompli-
ment z'mache. Es greichtmer zur unussprechliche Freud,
daß min Fründ eso en ärzällänti Wahl troffe hät.

Veritas.

Wart i willder. — So, sinder scho binem gsi? Oder
häteri underwägs öppis abgnah? Was für en Kalender

häter gnah? De Hinkipott vu Basel? Der Republikaner? Der Appezeller? De Bürkli? — Zeiged Sie emal, wänn Sie en Lahrer händ, nimmi eine, i hett fast emal e Prämie ggunne. Nu, chömmed Sie nu da an Tisch. Händ Sie's im Habersack oder i der Täsche?

v. Tauenstein.

Aber — aber, erlaubed Sie iez denn doch, Frä Statt=halteri, halted Sie mi würkli für en Kolporteur?

Veritas.

Verstahtsi, was wettiber denn si?

v. Tauenstein.

Gwüß wegem Habersack, gälled Sie?

Veritas.

Ja, packed doch emal Eueri Waar us.

v. Tauenstein.

Wie Sie bifelled. Ihr Wunsch ist mir Bifehl, seit neimeneine neime. Also en Republikaner wänd Sie? (Zieht eine Unterjacke hervor.) Da wär eine. — Oder en Hinkipott vu Basel? Lueged Sie en ganz frische (zieht einen Stiefelknecht hervor.) Mit dem chammä 's hölzi Bei z' Nacht au abzieh.

Veritas.

Nei, nei, i ha gnueg. Zeiged Sie d' Täsche.

v. Tauenstein.

D' Täsche? — En Bürkli wänd Sie? (Zieht eine

Nachtkappe hervor.) Gälled Sie wie herzig altzürcherisch?
— En Lahrer wänd Sie? (Bringt eine Haarbürste) s'
hät aber keini Prämie drinn! —

Veritas (für sich).

Herrjeß, i fahmi bald a fürche. — Er schwätzt denn
doch wieder z' gschid für en Nar.

v. Tauenstein (für sich).

Gäll 's hät di. — (Laut.) En landwirthschaftliche
Kalender hetti au na, — er ist zwar es bitzeli verschribe,
aber mit Gartschu gaht's guet dur — lueged Sie nu. —
Händ Sie Chüeh, Frä Statthalteri?

Veritas.

Zwölf. — (Aber 's git eben au gschibi Nare.)

v. Tauenstein.

Guet. Da chönned Sie si notiere, wänn's chalbered.
Händ Sie Wiesland, da staht, wie lang verschiedene Same
chimfähig sei. Lueged Sie nu.

Veritas.

Bitti da staht öppis... erlaubed Sie. „Hans von
Tauenstein. — Um aller Liebi wille, sind Sie de...

v. Tauenstein (mit tiefem Bückling).

Ihre devotist Junker Hans von Tauenstein, Ihne ge-
horsamst ufz'warte, Frau Statthalteri.

Veritas.

Um's Himmelswille, jäso? — Aber gwüß?

v. Tauenstein.

Ganz für gwüß. — Da ist mi Chart — mi Legiti=
mationschart.

Veritas (liest).

„Junker Hans von Tauenstein." — Mer händ Sie
scho lang emal erwartet! O das wur iez de Herr Statt=
halter freue, wenn Sie emal chämid.

v. Tauenstein.

Chämid? Warum chämid? J cha doch nüb wal anderst
chäme as cho. Trouid Sie mer denn nüb, Frä Statt=
halteri?

Veritas.

Wol frili, Herr — aber — aber...

v. Tauenstein.

Bitti was au?

Veritas.

Darfi's säge.

v. Tauenstein.

Frä Statthalteri?

Veritas.

Nämed Sie mer's würkli nüb für in übel?

v. Tauenstein.

En Adelige nimmt ere Dam nie nüt in übel.

Veritas.

Würkli? — Dänn müend die Adelige also doch en
appartis Bluet ha.

v. Tauenstein.

Blau, Frä Statthalteri, blaus Bluet händ die ächten Adelige.

Veritas.

Aber — nenei, ich sägenes iez halt grad use, wänn Sie's doch ha wänd. — Sie — Sie gsehnd eso — Sie gsehnd eso gar nüd so gjünkerlig us, Herr? — Jä gsehnd Sie, iez werdeb Sie höh?

v. Tauenstein.

Gar nüd, gar nüd im mindeste. — Sie händ vollkomme Recht, Frä Statthalteri — aber hend Sie, das ist ebe mi Eigenart, uf Fueßreise chummi gern müglichst schlicht und eifach, wienen reisede Hamperchspursch us gueter alter Zit.

Veritas.

Ischene eusere Landjegerwachtmeister Temperli nüd bigegnet?

v. Tauenstein.

Ha nüd d' Ehr gha.

Veritas.

Sind Sie froh.

v. Tauenstein,

Hettermi abgfaßt?

Veritas.

Ganz etschide!

v. Tauenstein.

Haha, das ist heiter! — 'S chann aber scho si, 's cha scho si, 's cha würkli si. — Nu, lömer's iez uf d'Prob acho, was min Fründ Statthalter zuemer sägi, — i glaube, d' Frä Statthalteri chunnt dänn bald usem Schräcke.

Veritas.

Will's hoffe, will's hoffe, Herräh... 'S isch iez nu schad, daß de Herr Statthalter nüd vorem Esse heichunnt.

v. Tauenstein.

O das macht nüt, Frä Statthalteri. Ich gahne under= desse in Gasthof und wirfemi det in e gsellschaftli astän= digers Gwand — dänn werded Sie mer de Glaube a d' Identitet vu dem Kolportör mitem Junker Hans vu Tauestei nümme lenger vorethalte. — Epfellmi bisder, Frä Statthalteri!

Veritas.

Nei — nei, Herrjeses! — Verziehnd Sie mer, Herr Junker oder was Sie sind, — aber Sie törfedmer nüd is Wirthshus; i channene ganz guet es Zimmer awise zum schangschiere. — Wüssed Sie, Sie nämmedmers nüd für in übel, Herr, aber inere Statthalterei ist män ebe vu Bruf= und Amtswäge echli mißtrouisch. — Darfi Sie bitte?

v. Tauenstein (im Abkomplimentiren).

Oblische, oblische, Frä Statthalteri — 's ist e reizendi Avanture, reized.

Veritas (stehen bleibend).

Wüssed Sie, min Name ist halt ebe Veritas, und das heißt uf tütsch —

v. Tauenstein.

Wahrheit — Wahrheit, vérité! Ganz richtig! Vérité, rien que la vérité! 's ist reized, 's ist reized!

(Beide links ab.)

Neunte Scene.

Heiri.

Da wär die Brülle wieder. — Ist Niemer da? — Wo ist d' Jumpfer? — Nu mira. Ist das es Ghüst und es Ghott alliwil um die Frau umme. Und wämä meint, sie sig iez au emal b' Studen us go Bänbli hauc, hät sie richtig 's Messer vergesse. Wänn sie iez nu au d' Gnad hät, i dem Bade z' blibe, z' blibe sägi. Aber wie hät sie's? Wenn sie si emal etschlüßt, echli abz'befiliere — richtig, wer chunnt nach zwe Tage wieder umme? D' Frä Statthalteri. — Warum? Us de wichtigste Gründe. Eitweders hätere de Nachtwächter z'stark brüelet oder 's Chillezit hätere z'starch gschlage, oder de Barometer und de Thermometer sindere z'lut usen und abegstige — churz und gut, wemer vor Bätzitlüte wieder ummehänd, das ist eusi Frau, sägeb, i ch heb's gseit. — De Herr wird chibe wäg der Brülle, es istem eben au um es Chnopfloch lugger wänn sie nüd da ist, aber....

Zehnte Scene.

Heiri. Veritas mit Tischzeug.

Veritas.

Was aber?

Heiri.

Was chann ich defür, wenn de Postillion bsoffen ist und drusloshauderet wie neu Fürrüter.

Veritas.

Also hänber d' Brülle nüd chönnen abgä?

Heiri.

Da ischi — und en schöne Gruez.

Veritas.

Vu wem?

Heiri.

Vu der Frau.

Veritas.

Also sinder ere doch nahecho?

Heiri.

Nüt nahecho bini — es Jse verlore hät be Brun ab dem verruckte Gspräng.

Veritas.

Warum sinder ase gsprängt?

Heiri.

Hä de Herr hätt's ja bifolle. Wänn es Wibsbild b' Auge vergißt, pressiert's goppel.

Veritas.

Bitti, echli ärtiger, Heiri. (Für sich.) Sie chunnt wahrhaftig wieder umme, nu wil sie b' Brülle nüd hät.

Heiri.

Das sägi ja scho lang! (Ab.)

Veritas.

Was? — Er glaubt's au. — Und 's gscheht au sicher. — Nu, was git's iez wieder?

Elfte Scene.

Veritas. Heiri. Später Ester Heidegger.

Heiri.

'S chunnt so e neumödigs gstudierts Frauezimmer dur de Garte mitere blaue Hornerbrülle —

Veritas.

Was? — Woll das chunnt liebli use. — Zu wem wott sie?

Heiri (nach außen.)

Zu wem wetted Sie gern?

Ester.

O, ich bin erwartet — da ine? — Danke! — O

Döbeli, Döbeli, bist na da? — Grüß di bebboch au, du liebi, liebi Seel — la di ufs innigst ambrassiere, Chind! (In heftige Umarmung versunken.)

Veritas.

Bitti, etschuldiged Sie!

Heiri.

Haha, d'Frau gseht ohni Brülle nüt und die mit! (Ab.)

Ester.

Was? — Was? — Jä — Herrjeß — bitti etschuldiged Sie, i bi doch am rechten Ort? Bis Herr Statthalter Grobe, nüd?

Veritas.

Ja scho, aber — (Aus der Thür) Heiri! Blib i der Nächi und säg's dem Wachtmeister!

Heiri.

Ghört zunere Bande. Gsehts uf der erst Blick. (Ab.)

Ester

(die unterdessen vor dem Spiegel Toilette gemacht hat und immer eifrig hin= und herfährt.)

Bis Herr Statthalter Grobe bini doch, nüd? — En Landma hätmer sidem Wald be Wäg zeiget.

Veritas.

Das ist artig vu dem Landma gsi — aber, verziehnd

Sie mer, Fräulein oder Frau oder Madam, 's wär vilicht au nüb ab Platz, z'erfahre mit wem mä d' Ehr heb?

Ester.

Mit wem mä d' Ehr heb? — Bitti, mit wem han dänn i ch eigetli d'Ehr?

Veritas.

Die chunnt erst nachher, Fräulein oder Madam!

Ester.

O nei, Fräulein oder Madam, b' Ehr chunnt bi alle Lüte z' erste, müssed Sie.

Veritas.

So. Wie Sie wänd. — Heiri! Ist de Tämperli da?

Ester.

Tämperli? Wer ist de Tämperli?

Zwölfte Scene.

Vorige. Wachtmeister.

Wachtmeister.

Ich bi de Tämperli. — Und wer sind Ihr, Jumpfer ober was er sind?

Ester.

Götter, Helden und Wieland — i bi doch im lätze

Hus — ober — iez rebeb Sie emal vernünftig; wont
d a b'Frä Statthalter Grob?

Tämperli.

Da wonnt b'Frä Statthalter Grob. Und ihre Ma
wonnt au da, Jumpfer.

Efter.

Aech, fäged Sie mer doch nüd alliwil Jumpfer, das
ift grob.

Tämperli.

Was bänn? Sind Sie kei Jumpfer?

Efter.

(finkt auf einen Stuhl.)

Ach! — D ä Epfang! Das hetti denn doch nüb er-
wartet! — Aber efo gaht's, wämä under b' Domeſtigge
grath. Wänn d' Chatz ufem Hus ift, tanzeb d' Müs! —
(Auffpringend.) Aber warteb Ihr, i willi! —

Veritas, Tämperli und Heiri.

Hoho!!

Efter (ſchroff).

Mä weißt ſchints nüb, wer ich bi.

Veritas.

Nei, mä möcht's iez denn balb emal wüffe.

Efter.

Mä hät e kei Korreſpondenzchart übercho?

Veritas.

Mä hät e kei Korrespondenzchart übercho.

Ester.

Mä gseht's eim also au just nüd a, wer mä chönnt si?

Tämperli.

Poh, Sie gsehnd zimli vilsitig us.

Ester.

Fräulein, oder was Sie sind, ich nues Sie bitte, mich vu dere männliche Gegewart z' bifreie.

Wachtmeister.

O, schinieredi nüd. (Setzt sich auf einen Stuhl neben der Thür.

Ester (auf= und abgehend).

'S ist etsetzli — bitti es Glas Wasser. — Aber i hetts chönne dänke — inere Statthalterei —

Wachtmeister.

Isches wie inere Mussfalle. Ine chuntmä guet, aber schwer wieder ufe.

Ester.

Um Gotteswille — Fräulein, wüsseb Sie dänn nanig, errathe Sie dänn nanig, begrifeb Sie dänn nanig, wer ich bin und wieni heiße und warum i chumme und weßwägen i dabi!

Veritas.

Ich ha kei Zit. — Macheb Sie's miteren ab, Wacht= meister. (Ab.)

Dreizehnte Scene.

Wachtmeister. Ester.

Ester (umherschweifend).

'S ist etsetzli: — 's ist grabizue etsetzli!

Wachtmeister.

Bhüetis, icz nanig, 's cha na etsetzlicher cho.

Ester.

Was? Sind Ihr na da?

Wachtmeister (gemüthlich).

Jo äbe!

Ester.

Was händ Ihr da z'thue?

Wachtmeister.

Eis z'schnupfe. — Ischi au eine gfellig?

Ester (krampfhaft lachend).

Nei, weiß Gott, hütt hani scho übergnueg z'schnupfen übercho — oder — oder wol, zeiged her, 's chann echli biruhige. (Nimmt eine Prise.) Aetschi! Ihr sind en Barbar, Wachtmeister.

Wachtmeister.

Das hät scho Mänge gseit, wo si hät welle bimer ischmeichle. Aber da wird nüb gschnupft, Jumpfer, i dem Artikel.

Efter.

Herr! Jez wänn Sie en Funke Manneßehr im Lib händ, melded Sie bim Herr Statthalter...

Wachtmeifter.

Ift usgange, müend warte. Melded's iez uu eubli vorläufig mir, ſe channems rapportiere.

Efter.

Eu? — Ehner bißimer d' Zungen ab! (Wirft ſich in einen Stuhl und ſchweigt. Wachtmeifter ſchnupft. — Efter fächert. Wachtmeifter ſchneuzt. — Efter ſpringt auf und will in ein Nebenzimmer.)

Wachtmeifter (ſpringt auf).

Halt!

Efter.

Jez gits en Ohnmacht! (Sinkt auf ein Sopha.)

Wachtmeifter.

Bhüetis, bhüetis, numme nüd gſprengt! Derigi Kumedene=Anwandlige känntmä. (Hält ihr die Doſe unter die Naſe.)

Efter.

Aetſchi!

Wachtmeifter.

Gſehnder iez, Jümpferli, ja ja. Das git ſi gli wieder.

Efter.

O nei — ich ſtirbe....

3

Wachtmeister

(setzt sich auf den Stuhl neben der Thür).

Se stirb e Gottsnamme, i vermag z'warte. — (Sie betrachtend.) Pah, gseht eigetli doch nüd gar eso ghatschig us — wämä wüßt, wer sie wär, chönntmä sie na für öppis rächts aluege. — 'S Gwand ist aständig. D' Fasemei ist au nüd frech. — Sie schmöckt au nüd uffalleb — hm hm hm hm — mä chönnt doch vilicht en Gir gmacht ha... Nu, wird uscho wänn de Herr chuunt, bisbar hät sie dänn usgruehbet und cha nueserer Bscheid gä. (Zieht das Amtsblatt heraus und liest.)

Vierzehnte Scene.

Vorige. Veritas.

Veritas.

Herrjeß, was gits au da?

Wachtmeister.

Sie ist echli etnuckt.

Veritas.

Etnuckt i sonere Usregig?

Wachtmeister.

Oder dänn tod.

Veritas.

Wachtmeister!

Wachtmeister.

Wird uscho, ha der Zit z'warte. —

Veritas.

Nenei iez in allem Ernst, was ist mitere?

Wachtmeister.

Lueged Sie sälber. Wie=n=ich?s dafür aluege, chönnt's es Ohmächtli si, aber eusereim stahts nüd a, 's Gorsettli ..

Veritas.

Still, — jaja, 's ist e Blödi, i känne's gnueg vu der Frau her — sie chunnt wieder zwäg. — (Wichtig.) Aber, aber Tämperli, Tämperli!

Wachtmeister.

Und?

Veritas.

Tämperli, Tämperli, mer händ eu furchtbar tumme Streich gmacht.

Wachtmeister.

So. Und das wär?

Veritas.

Sie isch nüd, was sie schint.

Wachtmeister.

Und schint nüd, was sie ist? — Derig Erfahrige ma= ched mir Polizei all Stund.

Veritas.

Tämperli, es git e Gschicht. Läsed — grad iez isches cho! 'S wirdmer himmelangst.

Wachtmeister.

Isch nüd mügli. — E Korrespondenz? — Se wäm= mers gnüße, wänns zur Ufschlärig cha diene. (Liest) „Liebe Freundin! Deine Zeilen habe ich richtig erhalten; mit

Vergnügen werde ich Deiner Einladung Folge leisten
und in Deiner Abwesenheit D in Amt verwalten. O
wie freue ich mich auf den herrlichen Sitz, die schöne
Bergaussicht und den spiegelblauen, klaren See. Deinem
gestrengen Mann, den ich leider von Angesicht zu An=
gesicht zu erblicken noch nie das Glück hatte, werde seine
Stunden zu versüßen suchen und auch Küche und Keller
sollen mein Walten nicht missen. In alter, treuer Liebe
Deine Ester Heidegger. P. S. Eine Luftveränderung
thut mir ohnedies wohl, da meine Nerven infolge geisti=
ger Arbeiten sehr angegriffen sind. — Frauen Statthalter
Grob, geb. Wyß in 2c."

Veritas.

Herrjeß, und iez Tämperli? Gälled?

Wachtmeister.

'S brucht da gar nüd z' herrjesesle und z' tämperle
und z' gälle; es handlet sie eifach darum: chunnt die
Ester Heidegger erst na oder ischi scho da. Macheb Sie,
daß sie zwäg chunnt, se chamä sie frage.

Veritas.

'S istmer himmelangst. Wo ist ächt au de Hirsch=
horngeist und 's englisch Salz und 's Kölnisch Odeggolo=
niewasser? (Beugt sich über Ester und erhält einen Backen=
streich.)

Ester (aufspringend).

Gahstmer ewegg, du Aff!

Veritas.

Herrjeß! 's ischi!

Wachtmeister.

A bem a ischessie. Ich konzentrieremi rückwärts. (Ab.)

Fünfzehnte Scene.

Veritas. Ester.

Ester.

Ja, a dem a isches sie! — Stantibeni gahni wieder furt! Lömi gah — wo ist mi Sach?

Veritas.

Aber um's Himmelswille, Fräulein Heidegger ...

Ester
(nimmt Hut und Mantille und Brille).

So, iez uf eismals hinnen und vorne Fräulein Heid=
egger! — Jez isch usgheideggerlet. Ich will's der Frä
Statthalteri scho erzelle, was für Lüt sie um si umme
hät und wie mä ihri Brief liest.

Veritas.

Aber so loset sie doch ...

Ester.

Nei, i lose nümme, i ha gnueg, übergnueg ghört. —
Ich gahne in Gasthof und schribes dem Herr Statthalter.

Veritas.

Aber, liebs Fräulein Heidegger, bitti um Gotteswille,
biruehiged Sie si doch! Was tarfene offerire? Impeeri=
essig mit Wasser und Zucker?

Ester.

Weder Essig na tüüri Landjeger. — Lömi use, sägi!

I ha gottegnueg vun Eu! (Wie sie abgehen will, stößt sie in der Thür auf Tauenstein.)

Sechszehnte Scene.

Ester. Veritas. Tauenstein.

Ester.

Ah — de Herr Statthalter! — (Erschrocken.) Oder? — Um's Himmelswille, 's ist dä verdächtig Mänsch usem Wald! Hülf! — (Flieht in ein Nebenzimmer. Veritas nach.)

Siebzehnte Scene.

v. Tauenstein

(Eintretend, in Frack und weißer Halsbinde).

Dä verdächtig Mänsch usem Wald. — So, so? — Da chönnt ich mit glichem Fueg und Recht säge: 'S ist die verdächtig Person usem Wald. — Ganz mit glichem Recht. Chumme dur de Wald uf, ine schöns tribes Wegli ine, wo wit fürre dur Buchewald gaht, dänke, witt echli läse — lise — gahne — lise — uf eimal pütschi an öppis anne und woni luege, isches e wiplichi Person mitere blaue Brülle. I wottmi höfli etschuldige, aber die Person faht a geepse und rännt furt. — 'S ist die glich, 's ist uf und nieder die glich. (Sich an die Stirn schlagend.) Oder? Tusige Sapperli, wänn ä das d'Frä Statthalteri gsi wär? — Tag mines Läbes hani na nie so en romantische Morgen erläbt. — 'S git halt doch na Romantik in euserem trochne Züripiet. Wenn nu au min Fründ Statthalter emal chänt, i plangen esangen uf's z' Nüni vor luter trochner Romantik.

Achtzehnte Scene.

Ester. Veritas. Wachtmeister.

Wachtmeister.

Also dä Herr wär dä verdächtig Mänsch usem Wald?

Veritas.

Ach! Mä kännte schier nümme. — Ja, iez jünkerleter vill meh als vorig mit dem Habersack.

Ester.

Warted Sie — i gsehne nüd gnau ... Woll Herr-jeses, 's ist e doch, trotz dem Frack! — Vorig häter es Staubhämp agha.

v. Tauenstein (singt).
Du im Strahlenkleide,
Ich im Staubgewand.

'S ischi, 's ist die Persan usem Wald. (Für sich.) Warted Ihr, Lütli. Ich chann au schroff si, wänn's gilt — gseh scho, mues der alt Adel fürrela. — Herr Wacht-meister, ich denunziere Ihne das Frauezimmer as es Frauezimmer, won uf einsame Waldwäge a friedli läsedi Burger unmotivirt apütscht und dänn furtrännt. — J der germanische Mythologie, Herr Wachtmeister, werdeb, wie Sie wüsseb, derigi Wäse miteme bsundere Name binännt womer iez grab nüd ifallt; — aber sie werdeb binännt, die Wäse, sie werdeb binännt, — schlönd Sie nu nahe. Ich bi zwar na frönd i dem Hus, aber, Frä Statthalteri, die Thatsache hüfed und gruppiered si so seltsam i dere Stund, daß ich Sie troz alledem oder vielmehr wägen. alledem doch ersuechje möcht, mich dem Frauezimmer, dere Dam, dere seltsame Dam vorz'stelle.

Veritas.

Jä min liebe Herr, das gaht nüd so gschwind. Ich weiß ja selber nanig gnau, wer Sie sind.

v. Tauenstein.

O Herrje. Jez nanig?

Veritas.

Nei, iez nanig. Sie chönned mir lang säge, Sie seigid de Junker Hans vu Tauestei, aber wie chönned Sie's bi= wise?

Wachtmeister.

Hetter au e Korrespondenz vorus= oder hinnebri gschickt.

Ester.

De Herr Wachtmeister bizieht si Wisheit au bur Kor= respondenz, gälled Sie?

Wachtmeister
(hält ihr die Dose hin).

Hm. — Wänd eine näh, Jumpfer Heideggeri. Nüt für ungut.

v. Tauenstein.

Was? — Wo hät's e Jumpfer Heidegger? — Wer ist d'Jumpfer Heidegger?

Eſter (ſchiebt Veritas vor).

Da iſchi.

v. Tauenſtein.

Sie? Wo die herzige Gedicht gemacht hät underem Namen Iduna?

Eſter.

Underem Namen Iduna.

v. Tauenſtein.

Underem Namen Iduna. — Aber bitti, wer iſt dänn d'Frä Statthalteri?

Veritas (deutet auf Eſter).

Da iſchi.

Eſter (zu Tauenſtein).

Und am End aller Ende hätmän au mich zum Beſte, und Sie ſind de Herr Statthalter?

v. Tauenſtein.

Ufzwarte.

Veritas.

Und am End aller Ende hätmän au mich zum Beſte, und Sie ſind de Herr Statthalter?

v. Tauenſtein.

Namal ufzwarte. Natürli Ihre Ma, Frä Statthalteri.

Wachtmeiſter (ziemlich laut).

Und am End aller Ende hätmä mich nüd zum Beſte, und Ihr ſind alli mitenand verruckt.

(Eſter, Veritas und Tauenſtein heiter lachend durch die

Seitenthür. Wie Wachtmeister durch die Mittelthür ab-
gehen will, kommt)

Neunzehnte Scene.

(der Statthalter in die Thür.)

Statthalter.
Hoho, wer lachet da e so?

Wachtmeister (ebenfalls in der Thür).
Guet, daß de Herr Statthalter chunnt. 's ist Gsell-
scheft cho.

Statthalter.
Was für Gsellscheft?

Wachtmeister.
Theils vu Rhinau, theils vum Burghölzli. — Sie ist
ehner vu Rhinau, er aber faktisch und notorisch abem
Burghölzli. — D'Jumpfer Veritas verrath efangen Alagen
uf d' Spaweid.

Statthalter.
Und euse Tämperli?

Wachtmeister.
Chan au nümme lang garantiere, je wäri rif für d'
Döde Trudel. Warted Sie nu, Herr Statthalter, grathed
Sie nu e halb Stund unter die Sippschaft, und mitem
nächste Zug fahred Sie bi der Frau verbi go Künigsfelde.

Statthalter.
Staht en giordnete Läbeswandel in Usficht, wowol!

Zwanzigste Scene.

Statthalter, Veritas (herausschauend), dann
Tauenstein, endlich Ester Heidegger.

Veritas.

Ach, der Unggle Statthalter! (Rückwärts rufend.) Er
ist da, er ist da!

v. Tauenstein (herausstürzend).

Wo, wo, wo ist er? — Da, ja wahrhaftig! Gäx, Gäx,
du liebe, guete, treue, alte Gäx — a mi Männerbrust, a
mi lang etbehred Männerbrust!

Statthalter (ihn abzustreifen bemüht).

Halt, händ öh, Burghölzler! — Woll, wahrhaftig,
wämäne rächt alneget — bisches, Fäx?

v. Tauenstein.

Hä natürli bini's, Gäx!

Statthalter.

Fäx?

v. Tauenstein.

Gäx?

Beide (sich umarmend).

Fäx! ⎫   ⎧ Fäx!
Gäx! ⎭ lieben, alte, guete ⎩ Gäx!

Statthalter.

Wänn bist au cho?

v. Tauenstein.

O schon lang gnueg, um i bim Hus vu eim Abetür
is ander inezburzle!

Veritas (lachend).

'S erst Abetür bin ich!

Statthalter.

Was? Ihr hänb scho Abetür zämme? Das gaht
gschwind —

Ester
(hereinfliegend, sehr schnell sprechend).

Und 's zweit Abetür bin ich! — Fründ, Gnosse,
Gsehrte, Gspons miner Busefründin, da bini, da bini, da
bini, guete Tag, guete Tag, guets Tageli au! Ach wie
freuts mi doch i b'Seel inne giradezue unusssprechli, Sie
enbtli, enbtli emal vu Angisicht zu Angisicht umar —
bigrüeze z'chönne! — Gälleb Sie au, wie fatal, mi Korre-
spondenz ist erst nach mir cho — aber e Gottsname, da
ist Post gschuld und nüb ich. — O bitti — so gsehnd
Sie us, so? — Ideal, Ideal, ganz uf und niber gschaffe
für mis Herzes-Döbeli — halt uf und ähnli, wieni mer
Sie vorgstellt ha. — Zue glückli, zue, zue, zue glückli!

Statthalter.

Ist das mügli, so, so? — Vereli, bis se guet und
stellmer das Frauezimmer vor.

Ester und Veritas zugleich.

Jäso. Fräulein Ester Heidegger.

Statthalter.

Jä so?! — Jä was, jä was — Fräulein Heidegger?
— Die beſt Fründin vu miner Frau? — Sehr erfreut,
herzli willfumme — es iſt iez nu ſchad...

Eſter.

Jä bhüetis, das glicht ſi us!

Statthalter.

Was?

v. Tauenſtein.

Du, Gäx —

Veritas.

Unggle —

Statthalter.

Was, was?

v. Tauenſtein.

Unggle, ſäged Sie? — Jä bitti, erlaubed Sie mer
iez doch nu gſchwind in aller Chürzi und um Witläufi⸗
keiten und Mißverſtändniß und Verwicklige und anderi
Luſtſpielartikel müglichſt r a ſ ch abzchürze — erlaubed Sie
mer iez doch nu eſo ang paſſang, mini Dame, w e r vu
Jhne beide iſt iez dänn eigetli eſo meh oder weniger d'
Frä Statthalteri.

Veritas.

Meh oder weniger werded Sie das bim Eſſen erfahre,
Herr Statthalter! Chömed Sie iez. — Händ Sie gern
Brätchnöpſli und Herdöpfel?

v. Tauenſtein.

Brätchnöpſli und Herdöpfel? — mi g a n z Sympathie!

Efter.

Brätchnöpfli und Bodespränger? — Fründ Statthalter,
erlaubed Sie, ich weiß dun euserem Döbeli, daß das Ihri
Lieblingsspis ist. Ich schwören Ihne, das müend Sie, so
lang ich Ihne iez d' Hushaltig führe wirde, alli Wuche
drümal ha, ame Sunntig, Mittwuche und Fritig.

Statthalter.

Was, wie? — Sie wämmer d' Hushaltig führe? —
Wie so? Bu wäge was?

Efter (ihn fortziehend).

Chömmed Sie, chömmed Sie.

Wachtmeister (in der Thür).

Was hani gseit? De Statthalter ist mi Seel au scho
näch am überhölzle!

Zweiter Akt.

Vor dem Haus Gartenplatz mit Tischen und Stühlen.

~~~~~~

Erste Scene.

Veritas rüstet den schwarzen Kaffee. Statthalter kommt mit langer Pfeife.

Veritas.

Isches eso rächt, Herr Unggle?

Statthalter.

Ganz rächt, herzig, allerliebst nett; 's fehlt nüt weder b' Hauptsach.

Veritas.

D' Hauptsach? Bitti, wo au? Da ist 's' Kafi, da ist de Zucker, da ist 's Konfekt, da ist 's Chriesiwasser, da sind Zigare — wo fehlt dänn öppis?

Statthalter.

D' Hauptsach.

Veritas.

Aber Unggle!

Statthalter.

Gſpürſches dänn nüd, Chind?

Veritas.

Nei, i gſpüre nu, daß i nüd druſchumme, was Sie mit der Hauptſach meineد.

Statthalter.

Suſt nüt? Gſpürſt du dänn nüd, daß du druſuſecho biſt? Ich gſpüres in alle Gliedere. Has überhaupt hütt wieder leid im Rugge.

Veritas.

D' Hauptſach?

Statthalter.

O du Bagäuggeli!

Veritas.

Alſo Ihres Gſücht wär d' Hauptſach? — Aber wänn Sie ſäged, Sie hebid's, ſo fehlt's ja nüd.

Statthalter.

Nei, Chind, 's Gſücht iſt dermale nanig d' Hauptſach, cha ſie aber na werde. D' Hauptſach, wo a dim ganze herzige Arrangſchemang fehlt, iſt — iſt?

Veritas,

Ach, Sie ſind en Blagi.

Statthalter.

Meinſt 's blagmi nüd? — D' Fäſtſtimmig fehlt! Iſches wahr oder nüd?

Veritas.

Jä das da? — Ha gmeint, was es ſei.

Statthalter.

So, ift das nüb gnueg?

Veritas.

Aber Sie händ boch bim Effe felber e Freub gha, baß Sie Ihre Jugebfründ wieder emal binene hebib?

Statthalter.

Dä wärmer lang rächt. Aber bifi! —

Veritas.

Warum au?

Statthalter.

Jez fraget fie na warum! — Veri, entweder tuefchbi verftelle, ober bänn bift es Abbilb ber vollenbetfte Refignation.

Veritas.

Weber 's eint na 's anber, min liebe Herr Unggle.

Statthalter.

Alfo ifches bir brezis glich, baß bu abgfetzt bift?

Veritas.

Brezis glich.

Statthalter.

So. Warum?

Veritas.

Wil i gar nüb abgfetzt bi.

Statthalter.

So nüb, fo nüb? Warum hät fi bänn bie Efter igftellt faft uf b' Stunb, wo b'Frau furt ift?

Veritas.

Hani nüt meh müefe thue fiber?

4

Statthalter.

Wol, meh als voranne.

Veritas.

Also bini nüd abgfetzt, funder im Gegetheil im dopp=
lete Gschir.

Statthalter.

Sappermängen aber au, aber ich wott kei dopplets
Gschir — ich wott das gar nüd, ich ha das gar nüd
bigehrt, das ist eigemächtig vu der Frau, das ist en
Affrunt für dich und es Gfäch für mich — ich bigehre
ken Blaustrumpf i miner Hushaltig, mir chönneds elei
gmache — de Tauestei cha mira über die ganz Badermerzit
dablibe, aber die Ester wott ich nüd — ich wott fie halt
ganz eifach nüd, ich gah furt, ich gah go Schinznecht.

Veritas.

Ja, min lieben Unggle, mir thät's baden au guet —
han öppedie au wieder mini Glenkschmerze.

Statthalter.

Gang i's Ehrebad, gang i's Ehrebad zum Heiri Peter.
J gib der Gält, fe vill b' bruchst.

Veritas.

Sind güetig. Aber wänn Sie dänn doch nüd go Schinz=
necht gönd?

Statthalter.

Und dablibe? Und dich furtschicke? Und mir vu der
Ester de ganz Karfumpel underenand chrüschle la? Los,
Chlini...

Veritas.

Bst, nüd so lut — sie chömed. — Sie chönned's scho
guet zämme. Lueged Sie, wiener lachet.

Statthalter.

Lueg wiener es par Bollauge uf dich wirft. — Du,
das wär' na gar nüd bä leidist für dich. 'S gäb en
artigs Jnserätli: Eine Stütze der Hausfrau sucht einen
Mann von bestandenem Alter.

Veritas.

Det ist ja b' Stütze, det chunnt sie ja! — (ruft) Junker
Statthalter, wänd Sie so guet si und cho, wänn Sie 's
Kasi gern heiß trinked? (einschenkend) Wart du nu, Stütze,
ich willder e Wösch isäupfe zum Stütze.

Zweite Scene.

Vorige. Tauenstein. Ester.

Ester (herbeifliegend).

Halt, halt, Fräulein Veritas, erlaubed Sie, das ist
iez mis Amt! Jch serwiere. (Beschäftigt sich am Tisch
und wirft Einiges um, verschüttet in die Untertassen.)
So, isches bene Herre gsellig?

Statthalter.

Bitte, nämmed Platz.

Ester.

Herr Statthalter, darfene?...

Statthalter.

Danke, Fräulein, aber ich verträge kes Fueßbad.

Beritas.

Ich hole grad en anderi, Unggle.

Ester.

Aech, 's ischmer ä leid — aber gsehnd Sie, mi Churz=
sichtikeit istmer en fatale Hinderlig.

Statthalter.

Sebaß iez also da die Fable vum Blinde gull, wonen
Lahme wott füehre?

Ester.

Wo ist en Lahme?

Statthalter.

Doch fast, Fräulein. Aemel au halbe. Has wieder
eso im Rugge.

v. Tauenstein.

Im Rugge, Gäx? — Häxeschuß? — Ja, ja, ich känne
das, ich känne das. Das ist en verfluechte Schmerz.

Statthalter.

Ja. Mä sött überhaupt de Häxe 's Schüße verbüte.

Ester (leert die Zuckerdose aus).

Ach, wie ungeschickt!

v. Tauenstein (halblaut).

Kartätscheschuß!

Ester.

Ach, 's ischmer doch au erschröckeli leid.

Statthalter.

Ja, 's git Familie, wo jahrus jahri is Leid chömmed.

Veritas (zurück mit einer Taffe).

So, Unggle.

Efter.

Jez wämer's beffer mache, Herr Statthalter, chömed Sie .... Herrjeß, was ift ä das? Scho wieder? —

Veritas.

O 's hät nameh Taffe. Soll i grad es halb Totzet hole?

Statthalter.

Nüb, nüb, nüb, blib Chind, blib, ich trinke überhaupt felte schwarz

v. Tauenftein.

Nu, wänn b' is Leib chunnft, gäll Gär? — Söttift also hütt trinke als Strohwittwer.

Statthalter.

Strohwittwer? — Bis echli galanter, Junker. Da hät's e Frau und da hät's e Frau, wo blibt be Wittwer ufem Strau?

Efter.

Ach, Sie dichted au, Herr Statthalter?

Statthalter.

Nu bi mangleber Fäftftimmig — as Stimulanz. — Händ Sie Ihri größer Dichtig binene, Fräulein Heid= egger?

Efter.

Ach ja. Ich ha hüttemorge na echli gfilet dra — und grad bi der befte Stell pütfcht be Junker a mi anne.

v. Tauenstein.

Etschuldiged Sie, Fräulein, an Ihri best Stell?

Statthalter.

Wo ist die?

Ester.

I will sie grad go holle. Aexgüsi. (Ab.)

Statthalter (auf Esters Sessel deutend).

Die best Stell ist iez die da.

Veritas.

De leer Sessel?

Statthalter (sich dehnend).

O Lütli, wie wär das so nett, wämer zu dritt wärib!
— Das heißt nu für mich. — Dir, Fäx, schint dä Spat-
after z'bihage.

Veritas.

Ja allwäg! — De Junker verwendt keis Aug vunere.

v. Tauenstein.

Wüssed Sie warum, Fräulein?

Veritas.

Natürli, das ist doch bigrifli....

Statthalter (lachend).

Du, Fäx' reizmer 's Vereli nüb — s' Vereli hät e
gschliffes Müli, wänn's gilt.

v. Tauenstein.

Wüssed Sie, warum ich 's Fräulein Heidegger bi-
obachte?

Veritas.

Ja, Junker, ich weißes. — Gälled Sie, Sie woned am Hönggemerberg ime Landgüetli?

v. Tauenstein.

Ja, böfi Zunge fägeb dem Güetli b' Nareburg.

Veritas.

Warum müend das brezis böfi Zunge fi? — Sie woned ganz elei drin, Junker, fib Jahr und Tag?

v. Tauenstein.

Ganz elei fib Jahr und Tag.

Veritas.

Und endtli iftene Jhre Eifibelftand doch efange gnüe= gelig worde. Sie händ fi na rechtzitig erinnert, daß es ftönd, es fei nüb guet, wänn be Mänfch eleige fei . . . .

Statthalter.

Er well gogen e Mitnärrin fueche — und die erft woner aträff . . . .

Veritas.

Ift Fräulein Efter Heidegger gfi.

v. Tauenstein.

O nei, o nei, bitten um Etfchuldigung, Fräulein Ve= ritas. 'S Fräulein Efter Heidegger hätmer keini Kalender wellen abchaufe.

Statthalter.

Haha, hät's di, Chlini?

Veritas.

O nüb im mindefte hätsmi. D' Herre find doch allzfämme glich itel! (Ab.)

Statthalter.

Jez lauft sie!

v. Tauenstein.

E reizeds Gschöpfli.

Statthalter.

Ja ja, min liebe Färli, gäll das wär es Herli!

v. Tauenstein.

Dichtist scho wieder?

Statthalter.

Fäftstimmig.

v. Tauenstein.

Chunnt sie?

Statthalter.

Ja, wahrhaftig, det chunnt sie — aber nüd b' Fäst= sunder b' Fasteftimmig!

v. Tauenstein.

Nu, die best Stell wird ja wol gnueg gä.

Statthalter.

Ja, ja, i han iez scho gottegnueg! — J wett mis Gsücht siehrere in ihri best Stell — es zieht aber au verfluecht da — ich gahn inne! Opodeldoc. (Ab.)

Dritte Scene.

v. Tauenstein (allein).

Opodeldoc. — Han ich nüb au neimen es Gsücht? — Leider bin ich abghärtt gege derig Artikel — nei, s'fehlt mer leiber niene, weder im Chopf, na im Rugge, weder im Mage na in Scheiche — pah, wänni eigetli eso hinderfi und fürfi amer abeluege, bini doch na e ganz guet konfervirts Exemplar vunere Mänfchheit — 's chönnt na mängi froh fi, na mängi — bruchti brezis kei Hornerbrülle as Mitgift z'bringe. — Das Veritäßli ift en allerliebfts Porzellänli, b' Efter ift es Kätti Drübei begäge. 'S Veritäßli ift für ächte Mokka, b' Efter für Java mit Wägluegere und Figekafi. Veritas von Tauenftein.... 's chibt hezig, 's chibt nobel — aber, aber der Altersnnterfchieb? Wie alt ift das Porzellänli? Höchftes zweiezwänzgi. Und be Junker Hans? — Höchftes, aber allerhöchftes feuf — fächfe — fächfevierzig. Zweiezwänzgi vu fächfevierzgen abzieh cha jedes Schuelerbüebli. — Ach, Fräulein, Sie bringeb Ihres Epos — wie reizend! —

Vierte Scene.

Efter
mit einem Album, langfam blätternb).

Mmj — ja — aber i weiß nüb ganz, ob i i bem Moment grad recht chumme mit miner Arbet — wie's fchint, ift die verehrt Gfellfchaft fcho in Uflöfig bigriffe....

b. Tauenftein.
Ich hebe na anenanb, Fräulein. Wenn Sie mich der Gnab würbige wettib — barfene offeriere?

Efter.
Jä was, Damezigarette? — Deliciös. — Leiber, leiber hanimer die Untugeb für die einfamfte Stunde —

wüſſed Sie, für Dämmerigsſtunde — au echli agwönnt
— bankene....

v. Tauenſtein.

Gälled Sie, au en einzige Funke chann e helli Dichter-
flamm etzünde?

Eſter.

Herzig nett g'ſeit, Junker, allerliebſt — dä einſam
Funke. — Ah, das iſt aber e ſins Blettli!

v. Tauenſtein.

Gwüß nüd ſo ſin wie die in Ihrem Album.

Eſter.

Oder Ihri Bimerkig.

v. Tauenſtein.

Ach, Fräulein iſt gar z'güetig — i ha gmeint, i ſei
ſcho ganz verlandjünkerlet.

Eſter.

O gar nüd, gar nüd, was ſäged Sie au! — Wüſſid
Sie, min liebe Junker, under eus g'ſeit, ächti Nobleſſe
blibt ſich under alle Forme glich, verraht ſi au under
alle Formen und Giſtalte; ſie iſt's Zentralfüür, wo die
brun Erdchruſte erwärmt —

v. Tauenſtein.

Und öppenemal gigäbene Falls durbricht as fürſpeiede
Berg, as dichteriſchi Lava, gällid Sie?

Eſter.

Sie ſind eſo areged, Junker! — Gälled Sie, ſindeb

Sie iez nüd au, de Fründ Statthalter heb öppis chüels, ja fast echli öppis gfürchigs i siner Art?

v. Tauenstein.

O, das bringt 's Amt mit. — Si Niesse Veritas …

Efter.

Oh — under eus g'seit, Junker, das ist e süffisants Gänsli, derigi Nature hani uf der erst Blick los. — Ich glaube würkli, mi Fründin hät guet tha, in ihrer Ab= wäseheit. …

v. Tauenstein.

Dem verstandeschüele Staatsma für ächt poetischen Ersatz z'sorge?

Efter (blätternd).

N—nu ja, i has ämel würkli echli deßwäge mitgnah.

v. Tauenstein.

Aber also nu für de Gäx, für anderi gwöhnlichi Lüt nüd?

Efter.

Aber Junker, was ist au das für en unpassede Name, Gäx, für e so en imposante Ma wie de Herr Statthalter?

v. Tauenstein (lachend).

Und wie finded Sie „Fäx“ für mi Imposanz? Thuets es ehner?

Efter.

Oh, für Sie na viel schülicher. Ueberhaupt für Beed giradezu ohrensträubend: — Statthalter Gäx, Junker Fäx. …

Fünfte Scene.

Vorige. Wachtmeister (erscheint rechts im Vordergrund).

Wachtmeister (für sich).
Und Jumpfer Häx — netts Kleeblatt.

v. Tauenstein.
Ach, Fräulein, das datirt na us de Studentezit. — Sevill i aber weiß, ist dä Gommang au i Mädchepangstone nüd frönd.

Ester.
Hihi — wüffed Sie, wie mä mir gseit hät i der Pangsion? — Aber nu Ihne gseit, ghöred Sie!

v. Tauenstein.
Mm — bitti wie, bitti wie?

Ester.
Aber ja niemerem suft — dänked Sie wie schüli: Haifisch!

v. Tauenstein.
Herjeß, händ Sie so en gwaltigen Appetit gha?

Ester.
Ach, ich weiß es nümme — tumms Züg.

Wachtmeister (für sich).
Pah, grad jetzt hät sie allerdings en Rache gmacht, wie wenn sie wett de Junker lebendig verschlucke.

Ester.
Se wänd Sie also iez e chli lose?

v. Tauenstein.

Ganz Ohr, Fräulein, ganz Ohr.

Wachtmeister.

Gansohr, Fräulein Gansohr, geborne Haifisch.

Ester.

Also. — Hm. De Titel heißt: „Von einer andern
Loreley. Eine einfache Geschichte in Versen. Erster Ge-
sang. Waldleben."

Es war in hoher Sommerszeit,
Als durch die bange Mittagsschwüle
Ein Maler zog zur Waldeskühle,
Mit Stock und Mappe im Geleit.
Ob auch die Julisonne schwer
Auf seinen Scheitel brannt' herab,
Das kümmerte ihn gar nicht sehr,
Und rüstig schwang er seinen Stab
Und sang aus frischer Jugendbrust
Ein Wanderliedchen sich im Schreiten
Und ließ mit ächter Malerlust
Die schwarzen Falkenaugen gleiten
Durch Busch und Feld in alle Weiten.

Wachtmeister.

Dä het au ken Heimetschi bisi gha.

Ester.

Er hatt' daheim in dumpfer Stadt
Gemalet lang an seinem Bild,
Gestöhnt, geseufzt auf seinem Sitze,

Und wild verwünscht die tolle Hitze,
Und endlich kriegt' er's übersatt....
(Ein Dorfkind kommt heran.)

Sechste Scene.

Vorige. Kind.

v. Tauenstein (winkend).
Wart echli, Chind, wart echli....

Ester.

Was isch?

v. Tauenstein.

Nüt, nüt.

Wachtmeister.

Ganz Ohr!

Ester.

Und endlich kriegt er's übersatt,
  Kein Strich, kein Ton wollt' ihm gelingen.
(Wachtmeister winkt dem Kinde, vorzutreten.)
  In tiefsten Winkel warf er's wild....
Bitti, was winked Sie au alliwil, Junker?

v. Tauenstein.

Ach — etschuldiged Sie, Fräulein — nu, sägs gschwind,
Annebabeli, wänn's pressiert.

Kind.

Gueten Abig. En fründliche Gruez du der Mueter
und Sie söllid au se guet si und ere für zwe Franke Eier

gä; b' Muetter sött e Gluggeri setze und chönn nüd vun ihren eignen Eiere bruche, wil sie ken Güggel heb.

Ester (nervös).

Was, was — was ist das? — Junker, ich bitte Sie, was wott das Gschöpfli?

v. Tauenstein.

Mm — b' Sach ist eifach — für zwe Franke Eier.

Ester.

Eier? — Jez? — Ich? — Mitten im Gedicht?

Wachtmeister.

D' Gluggeri mitten im Gedicht.

Kind.

D' Jumpfer hät mi bezuegschickt.

Ester.

So, b' Jumpfer hät di dazuegschickt. — D' Jumpfer etfaltet en eigethümlis Astandsgfühl — ich gseh würkli nüd i, für was anders die Jumpfer eigetli da ist.

Kind.

D' Jumpfer hät gseit, die Jumpfer mit der blaue Brülle seig iez für d' Frä Statthalteri da, ich soll zu Eu gah.

Ester.

So. Zu mir. — Also zwe Franke wott das Wäse, Junker?

Kind.

Nei, i hett gern für zwe Franke Eier.

Efter.

Aber Junker, verchauft dänn e Statthalteri Eier?

v. Tauenftein.

Das chunnt vor, Fräulein, das chunnt vor. Wüffid Sie, efo e Frau wie ne Statthalteri ift amene fo en Ort wie bä boch en Art Pré, en Art Hauptperfon; fie und b' Frä Pfarreri und b' Frä Tofteri und b' Frä Prefidentin und die übrige Honoratiore find eben efo gwüffermaße 's Hülfskomite bu der Gmeind und müend halt e Gottsname annehebe mit Rath und That.

Efter.

Jä Herrjefes, ift das fo umfaffed? — J hamer das vill vill eifacher vorgftellt.

Wachtmeifter.

Efo meh de Zueftand bunere Gluggere, won uf den Eiere hockt und Halbbatze ftunet.

Efter.

Gang fäg's der Chöchin, fie foll der Eier ge.

Kind.

Sie hät gfeit, fie nämm fi der Sach nüt a. Sie fei nüd über b'Eier gfetzt.

Wachtmeifter.

Alfo chunnt 's Bruete boch na uf de Haififch ufe. — Ich will b'Sach abchürze, fie wird langwilig und 's ifch Zit. (Vortretend) Frä Vize=Statthalteri, d' Frä Prefi= däntin latene fäge, es wur de Fraueverein freue, wänn Sie punkt zwei is Schuelhus chämid i b' Sitzig, go für b' Frä Statthalteri z'prefidiere. 'S feigid verfchiedeni

wichtigi und dringendi Gschäft. Da sei's Protikoll; d'
Vizepräsidentin sei ge Seewe verreist und d' Aktuarin
ist hüttemorgen am halbi drü i d' Chindbett cho.

Ester.
Um aller Liebi wille — Herrjeß — Junker!...

v. Tauenstein.
'S wird nüt anders übrig blibe, Fräulein.

Ester.
Aber — aber i verstah ja nüt vu derige Gschäfte?

Wachtmeister.
Das gitsi, Jumpfer Heidegger, das gitsi. E chli Bläch
schwätze cha de Mänsch i jeder Tag sines Läbes, sogar
ime Fraueverein — (An die Uhr sehend) 's wär iez brezis
zwei....

v. Tauenstein.
Und mä mueß au 's Bläch schmiede, so langs warm
ist, händ Sie welle säge, Herr Wachtmeister?

Wachtmeister.
Eben asen öppis.

Siebente Scene.
Vorige. Heiri.

Heiri.
Fräulein Heidegger, 's Bugestünis Babesephe möcht
gern es paar Wort mitene rede.

Efter.

Um Gotteswille, fcho wieder öppis? — Wer wott
rede? — Wo wott öpper rede?

Heiri (in's Haus rufend).

Sollid ufecho!

Achte Scene.

Vorige. Alte Frau.

Alte.

Jä, wänni ungfchickt chumme — 's preffiert nüb efo —
ha nu gmeint, bin allimal zur Frä Statthalteri cho, will
fie mer allmal afig Lümpe ggä hät, aber wie gfeit....

Efter (entfeßt).

Lümpe?!!

Alte.

Wie gfeit, chan au fpöter cho — gfehne, er find grad
am Kafi....

Efter (nervös).

Kafi, ja am Kafi — mer find am Kafi, mer find
alliwil am Kafi — wie chamän aber eim au mitten
is Kafi mit Lümpe cho! — Er ift ja fcho gfige! —

Alte.

Jä wüffed Sie, es find nu efo lineni Verbandlümpe
— vu dene halt't d' Frä Statthalteri alliwil echli en
Vorrath und me dörf go holle, wämä brucht. Min Ma
hät's äbe fcho lang efo imene Bei....

Eſter.

Um Gotteswille, ſimer ſtill mit euerem Mannebei! — Warum gönder nüd zur Jumpfer Veritas?

Alte.

Jä, ſie hätmi äben au Eu gwiſe.

Eſter.

An Eu gwiſe — ſehr biquem das, ſehr biquem! — Gönd und ſägedere, Sie ſölli gä, das chönn ich nüd, das ſei nüd mi Sach.

Alte.

Mit de gliche Worte hät ſie mi au Eu gwiſe, Jumpfer — gälled Sie, Jumpfer Heideggeri gheißed Sie? Aebe. Ha vor vierzg Jahren au emal binere Familie Heidegger dienet — vilicht ſind Sie verwandt?

Eſter.

Bi gar nüd verwandt. — Bin überhaupt vor vierzg Jahre na mit niemerem verwandt gſi.

(Weibliche Stimme hinter der Szene.)
Tämperli, chunnt ſie nanig?

Kind.

'S iſt d' Frä Gmeindammä wägem Fraueverein.

Alte.

Jäſo, Sie händ Fraueverein? — Ja, die Sach iſt eiſach. D' Frä Statthalteri hät die Bläz inere alte Vademertrucke....

Eſter.

Mira inere Spaniſchbrötlitrucke oder inere Chräbelibüchs. — Chömed — chömed. — Du witt alſo Bläz?

Kind.

Nei Eier.

Efter.

Und Ihr zwe Fraule?

Alte.

Ja gern.

Efter.

Chönned, chömed! — O Veritas, i chönnt di grad verchnütsche! — Gönd nu an is Hus, i chumme ja uf der Stell. (Räumt haftig auf und zerbricht eine Tasse.) Ach, das Chäppelerszüg das!

Alte.

Mer wändene hälfe! — Chumm, Chind.

Efter.

Nei, nei, lönd nu — oder wol doch, mira, händ Sorg, Frau — verbrecheb nüt — i chumme grad wieder. (Ab.)

Alte.

Schmöckt guet, das Kafi — ift schad wämäs vergüdt. (Leert aus den Tassen zusammen und trinkt.) Aeh — b'Herrelüt händs doch ebig guet — chumm, Chlefeli, nimm en Zucker.

Kind.

Neuei, mä dörf nüd!

Alte.

Was dörfmä nüd? — Mä nimmt womäs findt, ift hützetag Trumpf — ja, ja, b'Herrelüt händs ebig guet — ase liefimers an gfalle. — Das sind schweri Löffel — wig emal, Chlefeli.

Kind.

Dörf nüd, i chummen en andersmal.

Alte.

Närli, en andersmal isch anderst. — (Schenkt ein.)

Neunte Scene.

Vorige. Veritas mit verbundenem Kopf.

Veritas.

Aexgüsi, was thüend Ihr da?

Alte.

Hilfen abrume, Jümpferli, hilfen echli abrume.

Veritas.

So, hilfen abrume. Mached Ihr, daß er furtchömmed!

Alte.

Jä, d'Jumpfer Heidegger hät's bisolle.

Veritas.

Was hät sie bisolle? Ihr söllid 's Kaff ustrinke? —
Unggle, wie gfallt Ihne die Gartewirthschaft?

Zehnte Scene.

Vorige. Statthalter mit einem großen grün=
ledernen Pechpflaster in der Hand.

Statthalter.

Hoho, was glts da?

Veritas.

Da höcklet d'Babesephe in aller Seelerueh und käselet
uf Bifehl vu der Fräulein Heidegger.

Statthalter.

Was?

Alte.

Käsele grad brezis nüd, Herr Statthalter, aber daß d' Fräuli Heidegger mi gheiße hät hälfen abrume, jäb ist richtig.

Veritas.

Eu hät sie gheiße hälfen abrume?

Statthalter.

Ist das wahr?

Alte.

Se wahr i dastahne, Herr Statthalter, uf Ehr, i lüge sicher und heilig nüd — gheiße hät sie mi und gseit, d' Jumpfer Veritas heb iez da nüd meh z'biselle, sie seig iez Meister im Hus....

Statthalter.

Wer hät das gseit? — Sie hät das gseit? — Häst du so öppis gseit?

Veritas.

Aber Unggle? — (weint.)

Statthalter.

Mached daß er furtchömed — was häuder welle?

Alte.

Echli lini Lumpe, Herr Statthalter — d' Frä Statthalteri hät gseit, i soll nu uschiniert cho, wänni wieder brucht.

Veritas.

So? Ujchiniert cho 's Kafi usläpple? — Heujchtmä bäwäg lini Lümpe?

Statthalter.

Wänni bi befferer Lune wär, wuri fäge, das feig es Kafi mit Umftände. — Aber — aber, was ift mit dir, Chlini, warum häft du 's Chöpfli verbunde?

Veritas.

Und was ift mit Jhne, Unggle? Zu was händ fie das Pflafter?

Alte.

Hät de Herr Statthalter wieder fis Gjücht?

Statthalter.

Rei, das ift für dis Gficht, wänn b' ieз nüd verfchwindft, alti Riefcheri!

(Alte fchreiend ab.)

Elfte Scene.

Statthalter und Veritas.

Statthalter.

Rei fäg ieз, Chlini, was ift mitder? Bift chranf? — Du weift, i chas nüd lide, wänn der öppis fehlt.

Veritas.

Ach, i weiß nüd — aber es litmer efo in alle Glibere,

Statthalter.

Was, Vereli?

Veritas.

Ach, i weiß nüd — aber i glaube was Jhne.

Statthalter.

Ja, 's litmer allerdings an in alle Glibere.

Veritas.

Waseli, Herr Unggle?

Statthalter.

I glaube an 's glich, was dir. Gäll, 's tuet heide=
mäßig weh?

Veritas.

O ganz heideggermäßig!

Statthalter.

Wänni bi befferer Lune wär, wuri lache. Aber iez
in allem Ernst, Chind, los bi dem iezigen Alas ufenen
guete Rath vu dim Unggle: Wänn d' emal e Frau bift,
se heb dim Ma Sorg, se guets chaft und's verftahft. Aber,
Vereli, meinemer nie, de müefift dim Ma gar z'ftarch
Sorg hebe und em, wänn d'emal echli go Bade gahft,
ohni fis Wüffen und Welle e foginannti Stütze is Hus
zitiere....

Veritas.

Aber, es ift ja die beft Meinig vu der Tante gfi?

Statthalter.

Bismer ftill mit der gueten und befte Meinig. De

weischl, du wem mä seit, sie meinid. — Was hät iez die soginannt best Meinig vu diner Tante agstellt? -- Dir ischi in Chopf gschosse und mir in Rugge. Du muescht is Gyrebad und ich go Schinznecht, das ist iez m i Meinig.

Veritas.

Wänn ich iez doch au na gschwind e Meinig üßere dörft, se gieng sie nüd is Gyrebad, sunder —

Statthalter.

Go Babe. — Und wänn ich mich trotz miner Abneigig gege Meinige au emal zu einer ernidrige, se gieng mi Meinig nüd go Schinznecht, sunder —

Veritas.

Go Babe.

Statthalter.

Ganz richtig. Ob's aber grab die gschidtst Meinig sei, wil d'Frä Döbe grab iez bunnen ist, das ist en ànderi Frag, Vereli.

Veritas.

Ja, ja, das ist richtig. D'Frä Tante ist gern uscheniert chrank. Da chunnt de Junker, villicht weißt dä en Uskunft. — Junker, Sie chömed in es Lazaret. Aber was isch mit Ihne?

Statthalter.

Sib wänn hinkst du, Fär?

Zwölfte Scene.

Vorige. Tauenstein.

v. Tauenstein.

Sib vorig, Gäx, sib vorig . . . . eu plötzliche Gichtafall
— scho lang nümme — höchst unerwartet — sehr über-
rascheb — fatal unagnehm —

Statthalter.

Thuets der au eso heibeggermäßig weh wie mir im
Rugge und dem Vereli im Chopf?

v. Tauenstein.

Herrjeses, Fräulein Veritas, Sie händ Chopfweh?

Veritas.

Au en Art Gicht.

v. Tauenstein.

Au en Art Gicht? — Wie —

Statthalter.

Wie reizeb sympatisch, witt sägc.

v. Tauenstein.

Was häsft au da?

Statthalter.

Es Pächpflaster für min Häxeschutz. Warte nu uf
d'Jumpfer Faktotum Efter, sie muesmers zwüschet
d'Schulterbletter pflanze.

v. Tauenstein.

Was dänkst au, Gäx, das will ich.

Statthalter.

Dankder, Gäx, bist güetig; aber d' Frä Döde hätmer d' Jumpfer Eſter verordnet.

v. Tauenstein.

Aber nei, iez in allem Ernſt, da wär's doch ſtatt eue jungfräuliche Pächpflaſter für dich vill gſchider, be giengiſt go Baden abe.

Statthalter.

Häſch iez ghört, Vereli? — Und das arm Chindli mit ſim Grindli?

v. Tauenſtein.

Au für das Uebel würkt Bade wohlthätig uflöſed.

Statthalter.

So. — Und wänn b' du mitchämiſt, würkti's dänn wolthätig verbinded?

Veritas.

Ich gahne.

Statthalter.

Halt, Chlini, nei ich gahne; ſie mueemer uin Harz-chueche achläube. (Ab.)

v. Tauenſtein.

Aber Gäx!

Veritas.

Löubfene uu gah, er gfpasset uu.

v. Tauenstein.

Wie, gespasse? Häter dänn ekei Häxeschuh?

Veritas.

Händ Sie dänn ekei Gicht?

v. Tauenstein.

Händ Sie dänn ekei Chopfweh? — Nu? — Bitti
jäged Sie mer's — hend Si, i libe fürchtig, wänn i Sie
libe gseh.

Veritas.

Würkli? Ifchene mis Chopfweh in Fueß gfahre?

v. Tauenstein.

Nei, Verehrtesti, is Herz.

Veritas.

So? Nu, 's mues neimehi si, ich ha's nümme.

v. Tauenstein.

Würkli? Aebah? — Lueged Sie au da, i cha mini
Fueß wieder ganz frei biwege.

Veritas.

Se gönd Sie iez also uf Freiersfüße? — Das wird's
Fräulein Heidegger freue. Sie gaht uf Versfüeße, und
Freiersfüeß und Versfüeß passed zämme. Händ Sie gern
Chalbsfüeß z'Nacht, Junker?

v. Tauenstein.

Fräulein Veritas, Sie sind weißtrüli uwahl.

Warum?

Veritas.

v. Tauenstein.

Nämed Sie mer's nüb übel, aber Sie gspasseb efo affekt— affiziert wotti fäge.

Veritas.

Nenei Junker, fäged Sie nu ehrli ufe affektiert. Es ist ganz wahr. Es ist mer halt fib e paar Stunde aß wärmer die ganz Wält verleidet.

v. Tauenstein.

Jaja, das ist Chranket. — Fräulein Vérité, en vérité, fäged Sie, biu ich ene au verleidet?

Veritas.

Sie? Sie chönnedmer ja gar nanig verleidet ft. — Es chann eim ja nu öppis verleide, vu dem mä z'viu ggäffe hät.

v. Tauenstein.

Ober — ohni Standesvorurtheil ufe gfeit: öppis wo jünkerlet, wie mä feit?

Veritas.

O das ist Gfchmacksach. Das macht mir nüt. 'S ist en ganz schöne Name: Junker Hans von Tauenstein auf der Narrenburg am Berge Höngg. — Das chit ganz majestetisch.

v. Tauenstein.

Ach fäged Sie mer nüt vu der Nareburg am Berge

Höngg. Es stimmtmi ganz melancholisch. Ich gah nümme hei, i verdanfene Sie — ich — ich mag nümmen elei fi — ich gahn i d'Wält — ich stürze mich detwärris dur Afrika durre ober graben en Kanal dur d'Landengi vn Panama ober i wirde katholisch ober en Schuelmeister — aber uf d'Nareburg gahni nümme. Sie chönned fi ha, wänn Sie wänd, ich verehrene fie.

Veritas (im Abeilen).

Danke höfli. Was nützt mir d'Nareburg ohni de Nar drin?

v. Tauenstein (ihr nach).

Fräulein, Fräulein! (stößt an Efter) — Ach! — Echo wieder en Putsch!

Dreizehnte Scene.

Efter. v. Tauenstein.

Efter.

Junker, Junker? Ischene Ernst? Herrjeß, ver= schrick ich!

v. Tauenstein.

Aber ich erst! — 'S tuetmer doch unußsprechli leid, wänni Sie verschreckt ha, aber i cha's weißtrüli nümmen ußhalte vor Schmerz —

Efter.

Vor Schmerze? — Bitti, Junker, wo thuetsene dänn weh? Im Herze?

v. Tauenstein.

Nei im Chnode.

Ester.

Abah, gönd Sie mer eweg mit Ihre Gspässe. — Ueberhaupt sind ich — ist hie e ganz en anderi Luft, as ich erwartet ha.

v. Tauenstein.

Gälled Sie, es zieht und zieht doch nüd — ganz 's Gägetheil wie im Fischer vum Göthe: „halb zog sie ihn, halb sank er hin" — das heißt mit Ihrer güetigen Er-laubniß — ich mue s hisinke. (Sinkt auf einen Stuhl.) Bitti, Fräulein Heidegger, und Sie barmherzig und läsed Sie witers. Sie sind stah plibe bi dem erschütterebe Vers:

„Und endlich kriegt er's übersatt."

Ester.

Junker Hans von Tauestei, wänn Sie öppe meined, as Bisitzer vu der Narebarg 's Privilegium z'bsitze, mich für de Nare z'ha, se mues ich Sie höfli ersueche, en anderi Närrin z'sueche. (Ab.)

v. Tauenstein.

Fräulein Heidegger, Sie sind grusam! — O min Chnode, min Chnode — Fräulein Ester Heidegger, i säge min Chnode!

Ester.

Ja, ja, 's istmer Ernst! (Ab.)

v. Tauenstein.

Soli, iez channi mi wieder verrode! (Macht einige Tanzübungen.)

Vierzehnte Scene.

v. Tauenstein. Statthalter.

Statthalter.

Jez isches dem um's tanze. Glückliche Mänsch. Mir isches um's furtlaufe.

v. Tauenstein.

O das chamän alliwil na.

Statthalter.

Ja bu scho, aber ich nüb.

v. Tauenstein.

Warum bu nüb?

Statthalter.

Ich ha Gest.

v. Tauenstein.

Ja Herrjeh, wegem säbe lauf bu ganz uscheniert se wit be Himmel blau ist. Ich laufe mitber.

Statthalter.

Lieber as dablibe, Fäx?

v. Tauenstein.

Bah — eso — wänn i's dörfti säge, nüb grab brezis unber allen Umständen unb Verhältnisse; inere gwüsse Biziehig isches giradezue reizeb, etzücket biber, Gäx —

bä Garte, mis Zimmer, be herrli Wald — min herrlichen alte Gäx — i chönntmers nüd besser weusche — e wahrs Paradies. Einzig öppis, einzig öppis fehlt....

Statthalter.

De Baum der Erkänntniß? Oder das wo si eso drumummewicklet und abelampet und eim d' Oepfel astecklt?

v. Tauenstein (geheimnißvoll).

Du meinst 's Fräulein Heidegger?

Statthalter (ebenso).

Und du?

v. Tauenstein (ebenso).

Di Frau.

Statthalter.

Was, mi Frau? — Die fehltder? — Mir weiß Gott au, i hett's gar nüd glaubt, daß i emal chönnt Heiweh nachere übercho — aber i ha Heiweh, i ha veritabels Heiweh! Heiweh hani sägi!

v. Tauenstein.

Nu, schnauz nu nüd eso. I glaubbers ja herzli gern, Gäx. Sie mues aber au es Ideal vunere Frau si, wie d'Veritas sie schilderet.

Statthalter.

Ideal? dur und dur Ideal, idealer nützt nüt.

v. Tauenstein.

Jaja, dänn isches bigriffli, daß au ihri titürst Fründin,

6

wo doch gwüß ganz mitere. ſympathiſiert, dir nüd ganz
völlig Erſatz für ihri Abwäſeheit büte cha, gäll, Gäx, ſe
guet ſie's meint.

Statthalter.

Schwigmer mit der guete Meinig; tue ſie lieber
gſchwind hürate, ſe chunnt ſie mer ab Fläck.

v. Tauenſtein.

Biſt würkli recht güetig, Gäx, wänn d' kei anders
Mitteli weiſt, ſe cha di nu der Tod vunere erlöſe, ich nüd-

Statthalter.

Nei iez in allem Ernſt, Fründ — weiſcht du keis
Mittel, daß mer ſie furtbringed?

v. Tauenſtein.

Wol. Bade.

Statthalter.

Sie go Baden abeſchicke?

v. Tauenſtein.

Nei, eifach 's Hus ſchlüſſen und gah.

Statthalter.

Und 's Vereli und du mit?

v. Tauenſtein.

Pah, warum nüd?

Statthalter.

Und alli mitenand in Limmethaf ineburzle und rüefe:
Frau, da ſimmer? — Die wuris ſchön uſebräuke!

v. Tauenstein.

Das meinst du nu, sie hät vilicht iez scho 's gröst
Heiweh nachber, wie du nach ihre.

Statthalter.

Wer seit, ich heb? — Halt, iez salltmer öwis i. Heiri,
de Tämperli soll cho.

Fünfzehnte Scene.

Vorige. Wachtmeister.

Wachtmeister.

Herr Statthalter?

Statthalter.

Gönd Sie au gschwind is Schuelhus durre und säged
Sie der Fräulein Heidegger, sie möcht so guet si und
sofort heicho, 's sei wichtig.

Wachtmeister.

'S sei wichtig. Und wänn sie aber sindt, ihre Awäseheit
im Schuelhus sei wichtiger, darf ich sie dänn sanft arre-
tiere?

Statthalter.

Sanft, aber ganz sanft.

Wachtmeister.

Ohni Handschälle? — 'S gsäch echli besser us, wänn
sie doch nüd wott folge. Und folge wott sie nüd.

Statthalter.

Dänn git's na anderi Mittel. — Gönd Sie iez!
(Wachtmeister ab.) Heiri! Min Parisergoffer treist i's
Schlafzimmer und stellste zum ipacke parat. — D'Veritas
soll usecho. —

v. Tauenstein.

Hoho, Gäx, gilt's Ernst? — Dänu pack ich au.

Statthalter.

Wart na echli, Fäx, i nimme dänn di Waar zu miner.
Mer gönd ja mitenand. — Ober vilicht au nüb, dernah.
— Heiri! Bring mi Goffere da use.

Sechszehnte Scene.

Vorige. Veritas.

Veritas.

Was wünsched Sie, Herr Unggle?

Statthalter.

Säg dem Heiri, er soll bis brun Göfferli da use bringe
und dem Junker sin Tornister und si Täsche, aber leer
— still, lömi mache, nüt gfraget — ich weiß was ich
will. — Und iez gönd i's Gartehüsli mitenand, det
gsehnder und ghöreder Alles — vorwärts, vorwärts, 's
pressiert. (Tauenstein und Veritas lachend ab.) — Wart
du nu, Blaustrümpfli, ich will dich uf d'Prob stelle, daß
dini blaue Brüllegläser alaufe müend a der helle heitere
Sunne! — (Setzt sich in einen bequemen Gartenstuhl.)

Heiri! Wirfmer en Pfulmen abe, schnell echli! (Heiri
wirft ihm den Pfulmen gerade auf den Kopf. „O, ärgüsi,
Herr Statthalter!") Macht nüt! — Bringst die Goffere?
So. — Hilf da. Schiebmer dä Pfulme in Rugge, fest,
daß d' Zipfel fürre chömed.

Heiri.

Hät's be Herr Statthalter wieder im Rugge?

Statthalter.

Ja brezis wie du im Chopf. — Guet, halt doch, 's ist
ja rächt. Gang — häst die Sache vum Junker? — Mach
au echli fürst, du Schlarpi. — (Heiri eilt ab und zu.)
So. — Stell die Stüel ime Halbchreis da vormi anne
— nüd z'näch, Kaffer — so! Und iez b' Goffere druf —
uf mitem Teckel, Chabischopf! — So. — Dä Nachtsack
hänkst a dä Stuehl — uf mit doch, mä mues brinne
gseh, du Iltis! — De Habersack dazue — au uf hani
gseit, du bist au en Zwarbli — iez isch rächt — nu was
häst z'lache?

Heiri.

Hähä, 's gseht us wie wänn's e Kumedi gäb!

Statthalter.

Ja, und du bist de Hanswurst. — So, iez gahst ine,
blibst aber i der Nächi, wänn bi bruche, häst ghört?

Heiri.

Has ghört und wirdes bifolge, Herr Statthalter. (Ab.)

Siebzehnte Scene.

S t a t t h a l t e r legt sich bequem in das Kissen und streckt die Beine.

Soli, iez cha sie cho! — Hoho! Was git's det im Gartehüsli? — Mä wird doch goppel nüd scho chüsse? — Das gieng au gar z'schnell!

v. T a u e n s t e i n (von weitem).

Zivilstand, Gäx, wer rebed vum Zivilstand bi de ver= schibene zivi= und unzivilisierte Völkere.

V e r i t a s (von weitem).
Ist gar nüd wahr, Unggle!

S t a t t h a l t e r.
Stille, sie chunnt! (Stellt sich schlafend und schnarcht.)

Achtzehnte Scene.

S t a t t h a l t e r. F r a u D ö d e.

F r a u D ö d e.
Um Tusigottshimmelswille, was gits au da? Was isch au mit d i r, Ma, Herrjeses?

S t a t t h a l t e r (auffahrend).
Jez luegmer d a z u e! Nu aber iez! — Was Tüfels chunnst au du wieder umme? Was isch au?

B e i d e zugleich redend.
Bist chrank? — Sägmer's du z'erst, bist chrank? Was isch au, was häst au? Warum chunnst au?

Frau Döbe.

Warnm lischt au eso da? Was isch au mit dene Gofferen alle? Was git's au, was händer au? Warum au die viele Taffe da? Wem ghört das Sunneschirmli? Wem ghört das Arbetstäschli? Häst scho Bsuech? — Ach min Gott, es wirdmer schwindlig.

Statthalter (auffspringend).

De Tunder und 's Wätter aber au, was machst au du eim für Gschichten anne! — Veri, Veri, gschwind echli!

Neunzehnte Scene.

Vorige. Veritas. Tauenstein.

Veritas.

Um Gott, Frä Tante, Sie sind wieder da? — Gwüß wäge der Brülle.

Frau Döbe (schwach).

Gänier Wasser.

v. Tauenstein.

Chriesiwasser mit Zucker.

Frau Döbe (schwach, ohne aufzusehen).

Was ist das für e Stimm? — Häst Bsuech, Ma? —

Statthalter.

Ja, de Junfer Hans ist cho.

Frau Döbe (sehr schwach).

Ach — händ nu echli Geduld — 's chunnt gli — wieder
— besser.

Veritas.

Nämed Sie dä Zucker — soli, soli, Tanteli — arms,
arms Tanteli.

Frau Döbe.

Wo bist au, Wilhelm? Warum chunnst au — nüd
zuemer? — Hebmi an echli! — Bist — bist — höh
mitmer?

Statthalter.

Was wetti höh si, Döbeli? — Erhollbi iez nu z'erst
und verzell dänn. Soli, soli —

Frau Döbe.

'S ist — 's istmer scho echli — besser.... händ —
händer Bsu — Bsuech? — Ist — äch mineli — ist öppe
d'Ester scho cho?

Statthalter.

Ja ebe ist da en Ester is Hus gschneit, ohni daß en
Mänsch en Ahnig gha hät. Was machst aber au für
Sache, Frau? Nimmers übel oder nüb, aber die Döbe
— wott säge die Ester, ist iez dänn doch echli z'starche
Tubak.

Frau Döbe.

Ach, bis au nüb höh, Ma — bismer au nüb höh —
Wilhelm — i ha ja nu 's best welle — i ha ja nu welle

für di forge! — Gäu de bift nüb höh, Ma. gäu nüb?
(Ihn au der Hand haltend.)

Statthalter.

Lami lez nu gah —

Frau Döbe.

Nei, i labi nüb gah, bis b' mer's verfprichft. — Wo
ifchi, b'Efter? Heft, 's hätmer unberwegs agfange fchwane..

Statthalter.

Aech, 's häter ja biheim fcho gfchwanet ...

Frau Döbe.

Es chönnt öppis gä —

Statthalter.

Wärift du ufrichtig gfi und hettift öppis gfeit vu
beren Efter, fe wär alles rächt ggange — mer find halt
e Gottsnamme alli verfchrocke, wo dä Nachtheuel azrufche
chunnt —

Frau Döbe.

Sinder nüb artig gfi mitere?

Veritas.

Wol frili, Taute, herzig, fo artig as fie's ha wott.

Statthalter.

Ja, und fie wott fcho vill ha. — Aber, wänn b's
iez verlibe magft z'ghöre, fe fäg ich dir iez in aller Güete
und Liebi —

v. Tauenftein.

Sie chunnt, Göx?

Frau Döbe.

Was, Gäx jägedere? Will nüd hoffe. Nei, loſed iez, das wotti nüd ha, ich hoffe, die Herre werdeb doch wenigſtes der üſſer Aftanb z'biwahren im Stanb ſi.

Statthalter.

Häſt verſtanbe, Fäx?

v. Tauenſtein.

Ha's verſtanbe, Gäx. — Witt ſe guet ſi und mich diner verehrte Frä Gimahlin vorſtelle?

Zwanzigſte Scene.

Vorige. Im Hintergrund Wachtmeiſter und Eſter.

Eſter (ſehr laut).

Und wänn au! — Ich ſägen Ihne iez ein für allimal, Herr Wachtmeiſter, Sie ſind en arrogante Mänſch, und eſo en Landjägerton, wie Sie gege mich aſchlönd, lat ſi e gibildets Frauezimmer us der Stadt nüt gfalle, ich lamers ein für allimal njimme gfalle. — Es iſt die reinſt Unmüg= lichkeit, daß i dere Zit bis Herr Statthalters eſo öppis wichtigs chönnt vorgfalle ſi, daß mä nüch glichſam poli= zeili us der höchſt wichtige Fraueverſammlig, womä die brünnigſte Tagesfragen erörteret — glichſam polizeili hei= biorderet — ei für allimal, ich lamer das nüd gfalle, ich bimer das nüd gwonn', das widerſtrebt mine innerſte Gfühle, das verletzt mi heiligſt Ueberzügig, das erſtickt

gwaltfam min uuuslöfchliche Glauben as Jdeale i der
Mänfchenatur.... Gönd Sie mer ewegg, fägi, i bi
furchtbar höh, i gane hei!

S t a t t h a l t e r.

Säb wird's gfchidft fi, fe git's wieder Rueh im Land.
— Was meinft zu dem Müfterli, Frau? Tuetmer eia e
Rätfche wol? — Die chanui us jedem Wöfchhus bizieh
und gibere gern drei Franke Tagloh, wänn fie nu fchwiget.
Wie gfeit, ich gahne go Schinzuecht. — Heiri, träg mi
Goffere ufe!

F r a u D ö b e.

Jefes, Ma, red di au nüb i fo en Zorn ine. — Efter,
Efterli, bift du fcho da?! — Ach, du mini Güeti!

E f t e r (herbeieilend.)

Gott im Himmel, wem ghört die Stimm? — Das
ift 's Döbeli's Stimm — wo, wo?

F r a u D ö b e.

Da, da — vorläufig na uf der Erde. — Gueten Abig,
Chind, äch, gäll da bini fcho wieder!

E f t e r.

Liebi, liebi, türi Seel, la di ambraffiere! — Und ich
bin au fcho da!

v. Tauenftein (zu Veritas).

Fräulein Vera, meined Sie nild, mer gfächid das
Widerfähe ufem Gartehüsli uje beffer?

Veritas.

'S chann echli lang gah, da händ Sie scho rächt aber i mueß iez doch i der Nächi blibe und luege was nsechunnt.

v. Tauenstein.

Sie händ eigetli rächt — 's chann originell werde. Will nu na gschwind min Habersack und mi Täsche flöchne.

Veritas.

Warteb Sie na, Junker, der Unggle hät na kei Bisell zum Flöchne ggä — aber 's gaht nümme lang, se lälletem 's Für usem Dach — i chänne sini Auge.

v. Tauenstein.

Se wämer unberdesse die verbroche Tasse usläse.

Veritas.

Allwäg nüb, bie lömer ligge, bie hät b' Efter ver-schlage, das mueß b' Taute gseh — äxpräß mueß sie's gseh.

v. Tauenstein.

Ist das e Wält! — Uf miner Nareburg gaht's stiller zue. —

Veritas.

O wie thät Stilli guet für das Chopfweh! —

v. Tauenstein.

Händ Sie's wieder?

Veritas.

Ach natürli.

v. Tauenstein.

Aber ächt?

Veritas.

Ach natürli — hälfeb Sie mer binde — müb so tüf,
i gfehne ja müt.

v. Tauenstein

(verbindet ihr die Augen und küßt sie auf den Mund).

Jä, i. bi wäger müb schuld, es ist halt grütscht!

Veritas.

Ach, Sie Wüeschte! Wänn's au öpper gseh hett!
S' gahtmer dur alli Glider.

v. Tauenstein.

Und mir bis in Chnoden abe.

Statthalter (aus dem Fenster).

Fäg, Veri, ipackt, chömed ufe, gschwind!

(Tauenstein und Veritas ab.)

Veritas.

Jez läller's zum Dach us, chömed Sie, Junker!

Einundzwanzigste Scene.

Ester, Döbe langsam durch den Garten.

Ester.

Also so ist das Ding? — Ich bigrifes, aber bin Ma

bigrifts ebig nie. Eso panischi Schräcke, won ein wie ne dunkli unwiderstehlichi Hand apackeb und ein, i möcht jäge, geistig de Thragen ummerrülleb, eso en unheimlis Jnerage ujem Geisterrich, kämneb die harte Männernature nüb, und wänd's nüb känne....

Frau Döde.

Ja oder fägedem hysterisch. Aber das isches gar nüb. — Lueg, woni im Pöstli gsesse bi und so devufahre, da packtmi uf eismal en Angst, eso en etsetzlichi Bangi= keit, daß i halt e Gottsname nüb anderst ha chönne, as lut usefchreie. De Viehhändler Bünzli ist mitmer gfahre. — Lueg, Esterli, es ist en ruche Ma, en grobe Ma — aber weiß Gott, i will nüt fäge, aber er hät's besser bigriffen as be Wilhelm. Sie verstorbe Frau heb's an öppedie eso gha — und ame so en Afal sei sie au richtig gstorbe. — Chaft der tänken, Ester.

Ester.

Ja weiß Gott, Döbe! — Ueberhaupt, d'Manne — i will nüt fäge, aber au die beste sind schlimmer als die schlimmste vun euserem Gschlächt.

Wachtmeister (im Hans).

Hoho, bitti verhebed Sie's!

Ester.

Ist dänn dä Mänsch allethalbe?

Zweiundzwanzigste Scene.

Vorige. Heiri.

Heiri.

Fräulein Heidegger, es ist e Goffere und zwo Karton-
schachtle und e rundi Schindeltrucke für Sie cho. Sollis
uf Ihres Zimmer thue?

Ester (grandios).

Nei! — Döde, ich begleite dich go Baden abe. Du
bruchst e Stütze.

Stimme aus dem Hause.

Das ist die best Stell im ganze Gidicht. Dacapo,
dacapo!

Ester.

Wer ist iez das wieder?

Frau Döbe.

Ich weißes nüd. — Wilhelm? Wo bist?

Statthalter (ungemein zart).

Waseli, Döbeli? — Daneli bineli! — Solli abe-
chömmele? — I chummele grabeli.

Ester.

Gsehst, er hät's doch gern, daß d' wieder cho bist. —

Frau Döbe.

O, das kännst du nüd. Wänner am süeßifte tuet,
ifter am süürfte.

Efter.

Etfeßli! — Jch blibe ledig.

Wachtmeifter (im Haus).

Rächt händer, nu Jumpfer bblibe, fe fchabt's Rie-
merem.

Frau Döbe.

Bitti, wer hät die Taffe verbroche? — Wo ift au
die Veritas?

Efter.

Tuetmer fchüli leid, Döbeli, aber ich mueßmi fchulbig
bikänne.

Frau Döbe.

Z ö z, vunne ganze Toßet!

Efter.

Will miß müglichift thue, fie z'erfeße.

Frau Döbe.

Das gaht niid — die find uralt.

Efter.

Jä, füreggä han ich's nüd.

Dreiundzwanzigfte Scene.

Vorige. Statthalter.

Statthalter.

Da wäri, Fraueli. — Hänberi iez ordeli verftänbiget
zämme über die zuekünftig Hußhaltigßfüehrig? — Nimm

mer's nüd übel, Döbeli, — zwar ich weiß nüd wie wit
du i diner Klabigsepistle diner Fründin b'Husornig und
d'Irichtig vun eusere Statthalterei usenandgietzt häst —
jedefals sehr gnau, das hämer am energischen umsichtigen
Igrife vu diner husfräulichen Ersatzmännin —

Ester.

O nu nüd Männin, Herr Statthalter, bitte, i bi dur
und dur wipli —

Statthalter.

— im erste Augeblick gspürt. — 'S Vereli hät aber
au vum ersten Augeblick a 's Heft us der Hand ggä
und zwar gern.

Ester.

Ja würkli gern — mä weißt aber au warum gern
(Der Döde in's Ohr) Sie jünkerlet!

Statthalter.

Nu lut use, Fräulein. Sie bruched Essig gäge 's
jünkerle? — Sehr probat, sehr probat; tödt alli Junker
unfehlbar, macht's nschädli, desinfiziert's. Au ander
Lüt übriges. Und namal übriges — was ist mit dim
Gipäck?

Frau Döde.

Mis Gipäck gaht witers. — Hanivers dänn nüd
z'allererst gseit?

Statthalter (heiter aber ruhig).

De häst eso e Masse welle z'erst sägc, daß Alles z'letzt cho ist.

Ester (für sich).

Dä ehelich Ton chönnt ich u ü b verträge — nie!

Statthalter.

Dis Gipäck gaht witers? Also in Limmethaj. — Und also gahst au du wieder witers? — Aber warum in aller Wält bist dänn wieder ummecho?

Ester.

Ach, das verstönd Sie ebe nüd, Sie rauhe unbarm= herzige Ma des Gesetzes, Sie Paragrapheritter, Sie krasse Represeutant selbsterschaffener Grusamkeite — Sie, Sie, böse Ma Sie, wo gar nüd verdienet eso es Fraueli z'ha, wo sie's binderst Chreftli opferet für damit's de Ma guet heb — und dänn lohnet ein eso en Ma mit rabeschwarzem Undank und ist im Stand und fraget ji's Wibli, wänn's angsterfüllt wieder zum Nästli zruckz'flattere chunnt: Warum chunnst au wieder? — Wänn gahst au wieder?

Statthalter.

Fräulein, an Ihne ist en Profcrater verlore ggange. Sie etsalted e Biredtsamkeit wou euere bessere Sach werth wär. — Und Sie wänd also mi Frau go Baden abe bi= gleiten as Stütze?

Ester.

Ganz etschide. — Ich gshue zue bütli, wie mim

arme Döbeli allen Idealismus, alles metaphysisch Unfaß-
bar, wo de Mänsch über d'Alltagswulche treit, abhande
cho ist. — Ja, Paragraphema, ich etfüehren Ihne Ihri
Stütze, — ich überlane Sie und Ihres Hus dem bügsame
Widerüetli Veritas....

Statthalter.

Besser Widen as Schilf.

Ester.

I laue Sie i dem strafgesetzbuechliche Gfühl zrud,
daß au en allherrschede Statthalter si Achillesferse, si's
Sigfriedschulterblatt hät, wo's Läbe —

Statthalter.

Eha Gsüchter ineschüße. — Und also witt iez grad
wieder gah, Döbeli? Ist din Schwane furtgfloge?

Frau Döde.

Ja. — Aber los gschwind....

Wachtmeister (aus dem Fenster).

Fräulein Stütze, nier wänd eine näh —

Ester.

Sind Sie stille!

Wachtmeister.

Aber gsehnd Sie dänn niid, daß die Ehlüt echli elei
si wänd? Sie sind doch en ungmerkigi Glehrti.

Eſter.

Wachtmeiſter, wänni Sie erlange chönnt, gäbene en
Schwätterlig.

Wachtmeiſter.

Danke, will's für epfange ha. — Aber nei iez Spaß
aparti: Fräulein Heidegger, Sie fäged: Sie wellid eken
Ma — wänd Sie an mich nüd? — Gibes wolfel.
Gänzlicher Ausverkauf.

Eſter.

Ja, mit Eu iſt me verchauft und verrathe! — Häud
Sie 'd'Schnänggen ine oder — (Wirft ihm ein Glas
Waſſer an.) — Iſt das en Imbis! — (Sitzt in den
Stuhl mit dem Pfulmen und blättert in ihrem Album.)

Statthalter.

Heiri! — Spann a und füehr die Frauezimmer uf
d' Station. Mi Frau und 's Fräulein Heidegger. —
Aber gleitig. —

Frau Döbe.

Aber gäll, Mannli, de verziehſtmer? I will ja gwüß
kei tumms Züg meh mache. 'S iſt halt eifach Nerven=
überreizig, e Gottsheiligenamme!

Statthalter (ſanft).

Natürli, Schatzeli, natürli — es fimer i miner Praxis
ſcho wunderbareri Fäl vorcho; bis du nu ruehig, Chlini,

und gang du iez nu ohni Schwanc, bist iez ja guet ver=
jorget mit dere Gluggere det, sie wird di scho warm
under d'Fäcke näh.

Frau Döbe.

Aber gäll, er händ au rächt Sorg', gäll? — Und
häsches würkli gern, daß din Fründ Junker echli cho ist?

Statthalter.

Ganz gern. Mer junggiselleled wieder emal echli
zämme und läsed latinisch, und später wirb's vilicht na
schöner.

Frau Döbe.

Wieso?

Statthalter.

Am Sunntig machedmeri der üepli Babemerbsuech)
und dänn willi der min Fäx vorstelle — hütt witte ja
doch nümme gseh, gäll? Jaja. — Lueg, de Heiri hät scho
igspannt. — Abie, Döbeli. Abie Fräulein Heidegger, nüt
für unguet. Stützeb enand guet.

Ester.

Am Sunntig chömmed Sie go Baden uf Bsuech? —
Aber Sie bringed dänn doch de Junker mit? Bis dar
hät dänn villes wieder versurret.

Wachtmeister.

Ich chummen au! — Pfellmi höfli, Fräulein! En
Gruez a d'Hüehner!

(Alle ab.)

Letzte Scene.

v. Tauenstein führt Veritas an der Hand aus
der Hausthür.

v. Tauenstein.

Und d'Mareburger chömmid am Sunntig au go Bade
abe! (Veritas hält ihm die Hand vor den Mund.) --
Go si epfelle!

Statthalter (aus dem Hindergrund,
droht mit dem Zeigfinger.)

Numme nüd gsprängt!